Arena-Taschenbuch
Band 1522

Ein phantastischer Roman um die Erlebnisse
eines jungen Dienstmädchens auf der Suche
nach einem unmöglich erscheinenden Ziel. Sie
findet es und erlebt eine neue Aufgabe, die
ihr alle Kraft abverlangt. Spannend erzählt und
einfühlsam beschrieben die Erlebnisse und
Abenteuer.
        Vereinigte Jugendschriften-Ausschüsse,
        Schleswig-Holstein

Katherine Allfrey

Der flammende Baum

Arena

CIP-Kurztitelaufnahme der Deutschen Bibliothek

Allfrey, Katherine:
Der flammende Baum / Katherine Allfrey. – 1. Aufl. –
Würzburg : Arena, 1986.
(Arena-Taschenbuch; Bd. 1522)
ISBN 3-401-01522-2
NE: GT

1. Auflage als Arena-Taschenbuch 1986
© 1982 by Arena-Verlag Georg Popp, Würzburg
Alle Rechte vorbehalten
Umschlaggestaltung: Magdalene Hanke-Basfeld
Gesamtherstellung: Mainpresse Richterdruck Würzburg
ISSN 0518-4002
ISBN 3-401-01522-2

1.

Bei Owen ap Griffith im Gasthaus am Paß saß ein kleiner Kreis von Reisenden zusammen, froh, noch vor dem Anbruch der Dunkelheit eine gute Unterkunft erreicht zu haben. Ein wahrhaft fürchterliches Winterwetter hatte sie von der Landstraße getrieben, es war ratsam, hier zu übernachten, statt noch etliche Meilen weiterzureiten bis zum nächsten größeren Ort.
Die Dunkelheit war früh hereingebrochen, es stürmte und blies, schwere Regenschauer prasselten gegen die Fenster: Da war es doppelt gut, unter Dach zu sein und auch die Pferde im Trockenen zu wissen. Owen der Wirt war freundlich und redlich; er braute ein gutes Bier und, das wußten zwei der Gäste, einen noch besseren Punsch; in der Küche neben dem Gastzimmer briet und schmorte die Wirtin allerlei, das verheißungsvolle Düfte hinüberschickte, und ihre Mägde deckten schon den Tisch. Voll Behagen saßen die Männer beim flackernden Kaminfeuer und machten miteinander Bekanntschaft.
Zwei von ihnen waren zusammen angekommen, Aufkäufer von Wollgeweben diese beiden; die drei anderen waren einzeln angelangt. Einer erklärte, daß er in Brecon Geschäfte hätte, der andere, er wolle nach Builth, er hätte dort ein Haus geerbt, das wolle er besichtigen und vielleicht verkaufen. Der fünfte Gast sagte nicht, wohin und warum er unterwegs sei, nur, daß er von Anglesey käme, dem fernsten Zipfel von

Wales, noch hinter der Menai-Meerenge. Er war es, der den Vorschlag machte, den Abend bei einer Terrine Punsch zu verbringen.

»Gerade, was wir vorhatten«, riefen die Tuchhändler vergnügt.

Das Essen wurde aufgetragen, und ein besseres hätten sie sich nicht wünschen können. Es gab keinen saftigeren Lammbraten als diesen, der auf walisischen Hügeln fett geworden war, kein besseres Brot als dieses, das die Wirtin um Mittag aus ihrem Backofen geholt hatte, und an Nebengerichten fehlte es auch nicht. Sie aßen mit Genuß, sie tranken helles oder goldbraunes Bier dazu, und als alle Schüsseln leer waren, kam Owen mit der Punschterrine.

Er füllte fünf Zinnbecher, aber da erhob sich lebhafter Widerspruch. Sechs müßten es sein und etwas weiter der Kreis am Kamin, der Wirt gehöre mit dazu! Lachend gab Owen nach; es würde ein langer und einträglicher Abend werden.

Die Zeit der Zwölf Nächte war eben vorüber. Der Wintersturm schleuderte eisige Schloßen an die Fenster, er heulte im Schornstein und blies ins Feuer, daß die Funken sprühten – da war es kein Wunder, daß die Rede sich dieser Zeit zuwandte, in der dunkle Mächte frei wurden und ihr unheiliges Wesen treiben durften. Bei freundlichem Licht, in warmer Sicherheit von finsteren und unheimlichen Dingen zu erzählen, meinten die Gäste, das schüfe erst das rechte Behagen.

Der Mann von Anglesey wußte die meisten und besten Geschichten, aber auch die beiden Wollhändler waren gute Erzähler, und Owen der Wirt stand ihnen nicht nach. Sie fingen mit lustigen Geschichten an, gingen bald zu den schaurigen über und suchten einander zu überbieten, mit Schreckgespenstern, Hexen und Ungeheuern, mit bösen Geistern, die durch die Lüfte zogen, und dem Wilden Heer.

Längst hatten das Klappern der Teller und Schüsseln, das Stimmengemurmel und Türenschlagen in der Küche aufgehört. Die Arbeit war getan, und nun gab die Wirtin den Bitten der Mädchen nach, die gern ein Weilchen im Gastzimmer mit zuhören wollten. Ein solches Vergnügen gab es nicht oft für sie. Mistress Alys gönnte es ihnen, um so lieber, als sie selber die größte Freude an solchen Geschichten hatte. »Setzt euch in den Winkel bei der Tür«, sagte sie, und da saßen sie, still wie die Mäuse, und konnten sich nach Herzenslust gruseln.

Noch eine zweite Punschterrine wurde leer, die alte Kastenuhr schlug elf, die letzte Sage war zu Ende erzählt. Die Gäste waren schläfrig geworden, sie dachten ans Bett und an die Weiterreise morgen. Da fiel es einem von ihnen ein, den Mann von Anglesey etwas zu fragen: Welche von allen Geschichten, die er wüßte, wohl die seltsamste sei?

Ohne zu zögern antwortete er: »Der flammende Baum von Corwryon – keine Geschichte, aber von allem, was ich je gehört habe, das seltsamste.«

Davon hatten sie nie gehört, das müßte er ihnen noch erzählen, riefen sie alle, sicher würde es diesem Abend einen würdigen Abschluß geben. Das Feuer war zusammengefallen, nur ein Häufchen Glut schimmerte in der weißlichen Asche. Der Gast blickte hinein, als sähe er darin, was er beschrieb: »Corwryon, ein Gehöft, ur-uralt, ein geringes und armseliges Anwesen. Ringsum ist Sumpfland; es steht auf einer niedrigen Erhebung. Sonst ist da nichts; doch – ein paar Mauerreste soll es geben, vielleicht standen vor Jahrhunderten mehr Häuser dort, niemand weiß es zu sagen. In dieser Einöde also steht Corwryon, und ganz in der Nähe ein Apfelbaum.« Er hielt ein, nickte, und als ob er es ihnen ganz deutlich machen wollte, sagte er: »Ein Sauerapfelbaum.«

Verdutzt blickten die Zuhörer einander an. Was war denn Sonderbares an einem Sauerapfelbaum? Und das sagten sie auch.

»An den meisten, nichts Besonderes«, gab er zu, »aber mit diesem bei Corwryon hat es seine eigene Bewandtnis. Das ganze Jahr steht er da, treibt Knospen, blüht, trägt seine grünen Äpfel, wirft seine Blätter ab, wenn die Zeit dazu gekommen ist. Aber in der letzten der Zwölf Nächte beginnt er zu glühen, zu leuchten wie ein stilles, klares Feuer, die ganze Nacht hindurch.«

Die Verwunderung war groß. »Und dann?« fragten drei Stimmen zugleich.

»Dann? Vor dem ersten Licht erlischt er.«

»Steht wieder da, ein gewöhnlicher Apfelbaum?«

»Ein ganz gewöhnlicher Apfelbaum.«

Die Fragen schwirrten: »Warum? Was steckt dahinter, wie lange tut er das schon?«

Der Mann von Anglesey zuckte die Schultern. »Niemand weiß es. Ich selber weiß nur, daß es ihn gibt, den flammenden Baum von Corwryon.«

Owen der Wirt meinte, das sei unterirdisches Feuer, und wo solche brennten, solle ein Schatz in der Erde liegen; jedenfalls würde das gesagt.

»Dasselbe haben die Leute dort auch gemeint, und mancher hat bei dem Baum gegraben. Aber niemand hat etwas gefunden.«

Die Wirtin regte sich in ihrer heimlichen Verborgen-

heit. »Könnte es sein, daß dort etwas geschehen ist, etwas wie ein Wunder?« mutmaßte sie.
»Und der Baum brennt heute noch und zeugt davon? Möglich wäre es«, erwiderte der Mann von Anglesey. »Nur weiß kein Mensch von einem Wunder, das dort geschehen wäre. Der Baum selber ist das Wunder.«
Sie rätselten noch eine Weile daran herum, bis Owen rief: »Horcht! Der Sturm hat sich gelegt.«
Wirklich, draußen war es ruhiger geworden. »Schlafenszeit«, gähnten sie, und Owen brachte die Kerzen, um ihnen zu ihren Schlafstätten zu leuchten.
Nur der Mann von Anglesey blieb noch am Kamin. Als der Wirt zurückkam, hieß er ihn eine Flasche Rotwein bringen; niemand brauche seinetwegen aufzubleiben, er werde selbst den Weg zu seiner Kammer finden. Owen brachte den Wein und ein Glas, deckte die Glut im Kamin ab und wünschte eine gute Nacht.
Der Gast trank seinen Wein. Es war ein Burgunder, schwer und dunkel, das Kerzenlicht rief ein rotes Glühen daraus hervor. Er erhob das Glas und betrachtete es nachdenklich, trank aus und füllte es aufs neue. Die Kerzen brannten langsam nieder, endlich flackerten nur noch Flämmchen in kleinen Teichen von Wachs.
Das letzte Glas. Er leerte es, dann stand er auf, mußte sich aber an der Tischkante halten, mehr als halb betrunken. Doch wußte er, er mußte die frische Kerze anzünden, ehe die andern völlig erloschen.
Er schwankte.
Da wurde ihm der Leuchter abgenommen, und eine kleine feste Hand schob sich unter seinen Arm.
»Kommt, Herr, ich leuchte Euch«, sagte eine Mädchenstimme.
Es war die jüngste Magd, die ihm zur Hilfe gekommen

war, eine von den Mädchen im Winkel. Sie war nicht mit den andern schlafen gegangen, unbemerkt hatte sie gewartet, während der Gast seinen Burgunder trank.
Nicht ohne Schwierigkeiten brachte sie ihn die Stiege hinauf und in seine Kammer. Er ließ sich schwer auf das Bett fallen. »Die Stiefel, Herr«, mahnte sie.
Die Stiefel ausziehen? Er war nicht mehr fähig dazu, das Mädchen mußte ihm helfen. Es kniete am Boden und zog und zerrte, bis es den ersten herunter hatte, dann hielt es ein und blickte zu ihm auf.
»Herr«, fragte es, »der flammende Baum, von dem Ihr erzählt habt – wo steht der?«
»Baum«, murmelte der Trunkene. Und noch einmal: »Baum ... der brennt.«
»Ja, Herr – aber wo, wo brennt er?«
»Corwryon«, grunzte er und fiel seitwärts auf sein Kissen, »Baum, brennt. In Corwryon.«
Das Mädchen rüttelte an seiner Schulter. »Lieber Herr, ich bitte Euch, nur noch ein Wort, nur noch eins! Wo liegt Corwryon?«
Es half nicht, der Mann schlief. Er murmelte etwas, das nicht zu verstehen war. Das Mädchen seufzte, hob ihm die Beine aufs Bett und breitete eine Decke über ihn. Und da sagte er noch etwas, ganz deutlich. »Bangor«, sagte er.
»Bangor«, wiederholte das Mädchen. Es nahm die Kerze und ging aus der Kammer.

In der Frühe, als es im Haus rege wurde, hieß es: »Wo ist Gwenny, schläft sie noch?«
Die Magd, deren Kammer das Mädchen geteilt hatte, schüttelte den Kopf. Gwenny sei schon vor ihr aufge-

standen, sagte sie: »Als ich aufwachte, war ihr Bett leer.«
»Dann ist sie fort«, erklärte die Zweitmagd.
»Aber sie geht doch sonst nicht, ohne ein Wort zu sagen«, widersprach die Wirtin. »Seht doch mal nach!«
Die Mädchen gingen hierhin und dahin; sie kamen zurück und meldeten, Gwenny sei nirgends zu finden. Auch der Umhang, den Mistress Alys ihr geschenkt hatte, hing nicht mehr hinter der Kammertür.
»Ja, dann wird sie wohl gegangen sein«, gab Mistress Alys zu. »Es ist schade, wir hätten sie heute gut gebrauchen können. Aber so ist Gwenny – eine tüchtige kleine Hilfe, nur bleibt sie nicht.« Warmherzig, wie sie war, fügte sie hinzu: »Gut, daß sie meinen Umhang hat, und der Umhang eine Kapuze! Bei dem Wetter . . .«
Eine der beiden Mägde war neu hier, sie hatte geglaubt, Gwenny gehöre zum Haushalt. Sie fragte erstaunt: »Sie bleibt nicht? Warum denn nicht?«
Alle, die in der Küche waren, beeilten sich, es ihr auseinanderzusetzen. Sie erzählten Gwennys Geschichte gern und hörten sie auch gern, immer wieder, denn es war keine gewöhnliche Geschichte, und es war ein Geheimnis dabei. So, während sie Rüben putzten und Kräuter hackten, erfuhr die Neue alles über Gwenny, was man wußte. Und es war dies: Ein Händler, auf der Heimkehr vom Markt, hatte am Wegrand das Kind gefunden, ein kleines Mädchen, fiebernd und bewußtlos. Der gute Mann war nicht vorbeigefahren, er hatte es aufgehoben, in ein Laken gehüllt und mitgenommen; man ließ kein Kind am Weg liegen, besonders nicht, wenn es so krank war wie dieses. Seine Frau dachte genau wie er, aber das war es nicht allein – die guten Leute hatten selber keine Kinder, da war ihnen der kleine Findling doppelt willkommen.

Mistress Alys warf ein Wort dazwischen: Loben müßte man die beiden trotzdem, besonders die Pflegemutter. Sie hatte das Kind sorgsam geleitet, das sagte jeder, der Gwenny kannte. Die Kleine war ruhig und freundlich, jede Arbeit, die man ihr gab, führte sie geschickt und gründlich aus. Die Mägde bestätigten das – sie sahen Gwenny sehr gern kommen. »Weniger Arbeit für uns«, rief Olwen, und Marged fügte hinzu: »Ja, und sie ist keine von denen, die sich vorm Gröbsten drücken.«
»Das habe ich gemerkt«, stimmte die neue Magd ihnen bei. »Aber damals, hat man nie erfahren, wem sie gehörte? Hat nie jemand nach ihr gefragt?«
Nein, niemand. Natürlich hatte der Händler versucht, etwas zu erkunden, auf Märkten, und wo er sonst hinkam, hatte er nachgefragt, aber stets vergeblich. Niemand wußte von einem solchen Kind. Man nahm an, daß fahrende Leute es verloren oder sogar absichtlich zurückgelassen hatten, weil sie es los sein wollten. Von Gwenny selbst hatte man nichts erfahren können, sie war noch so klein, keine drei Jahre alt, und obendrein sehr krank. Es war ein Wunder, daß sie am Leben blieb. Später ergab es sich, daß sie nicht das mindeste aus der Zeit vor ihrer Erkrankung behalten hatte. Sogar das Sprechen mußten sie ihr beibringen.
»Sie spricht auch heute noch nicht viel«, warf die fröhliche Olwen ein.
»Ja, ganz anders als eine, die ich nennen könnte«, bemerkte die Wirtin anzüglich. Die Mädchen lachten, und dann unterhielten sie sich darüber, wie Gwenny in ein Haus kam; immer durch die hintere Tür und immer auf die gleiche Weise. Es klopfte, man machte auf, und da stand sie auf der Schwelle, ließ die Augen von einem Gesicht zum andern gehen und trat erst ein,

wenn sie ihres Willkommens sicher war. Meist kehrte sie in Gasthäusern und Gehöften ein, seltener in den Häusern einer Stadt, nie aber zum zweitenmal in einem Haus, wo man sie unfreundlich angesehen oder sie mit Fragen geplagt hatte.

»Und so geht sie durchs Land!« staunte die neue Magd. »Aber die Pflegeeltern, lassen die es zu?«

Die Wirtin selbst antwortete ihr. »Die hat sie verloren, als sie ungefähr zehn Jahre alt war. Zuerst starb die Frau, ganz kurz darauf auch der Mann. Sie waren alt –. Die Erben sollen Gwenny aus dem Haus gewiesen haben, ich weiß es nicht genau. Gewiß ist aber, daß sie damals zum erstenmal an eine Tür geklopft und um Arbeit gebeten hat. Einen Platz am Tisch und ein Nachtlager, mehr verlangt sie nicht dafür. Und man darf sie nicht halten wollen; sie kommt und geht, wann sie will.«

»Ja«, lachte Olwen, »und wenn sie mal über die Schwelle ist – immer das gleiche: zuerst zum Haken, wo die Schürzen hängen, eine umgebunden, und im nächsten Augenblick bis an die Ellbogen im Spülbottich!«

»Mir ist sie ein bißchen einfältig vorgekommen«, sagte die Neue.

Aber nein, das wollten die beiden andern nicht sagen, durchaus nicht. Marged besonders erinnerte sich und die junge Olwen daran, wie es manchmal in der Küche hoch hergegangen war, mit viel Übermut und Neckerei: »Gwenny machte nicht mit, sie ist ja so still. Aber glaubt nicht, daß sie etwas verpaßte! Ich sah sie mal, sie scheuerte die Pfannen und kehrte uns den Rücken zu – und wie's am tollsten herging, warf sie einen Blick über die Schulter, ich sage euch, sie war ganz und gar dabei!«

Mistress Alys stand auf und strich ihre Schürze glatt: »Nun habt ihr genug geschwatzt, Mädchen. Räumt den Tisch und macht schnell! Es ist Zeit, daß ich meinen Pastetenteig ausrolle.«
Die Mägde gehorchten, jede ging an ihre Arbeit. Die Neue murmelte, während sie in der Milchkammer die Satten abrahmte: »So was habe ich in meinem Leben nicht gehört. Arbeitet und nimmt nichts dafür als Speise und Trank!« Den ganzen Morgen wollte ihr die Geschichte nicht aus dem Sinn.

2.

Unterdessen war die, von der sie sprachen, über den Paß gestiegen und saß nun auf der andern Seite des Berges im Schutz einer Mauer, zu kurzer Rast. Sie hatte ihr kleines Bündel aufgeknüpft und ein faustgroßes Stück Plumpudding hervorgeholt. Davon brach sie Brocken ab und verzehrte sie bedächtig. Auch das war eine von Gwennys Eigenheiten. Was ihr beim Abendbrot zugeteilt wurde, ob es ein Stück Brot war oder ein Leckerbissen wie dieser, fest wie ein Kuchen, dunkelbraun, reich und feucht von all den guten Dingen, die darin waren – ganz gleich: wenn es sich mitführen ließ, hob sie es auf für den nächsten Tag. Es konnte ja sein, daß es sie zum Weiterwandern trieb, und dann brauchte sie etwas für den Weg.
Sie aß mit Genuß. Dies war ein besonders guter Plumpudding, voll von Rosinen und Korinthen und Zitronat. Mistress Alys sparte nicht beim Backen, besonders nicht, wenn es für das Weihnachtsfest war. Und sie

kargte auch nicht beim Zuteilen, dieses Stück würde noch einen zweiten Imbiß hergeben.

So hoch oben am Berg sitzen und weit über das Land schauen, auf die fernen Hügel und in das weite Tal drunten, das war's, was Gwenny freute. Hier, wo sie saß, fiel im Augenblick kein Regen, aber über jenen Kämmen war der Himmel blauschwarz, Wolken türmten sich gewaltig; ein Regenbogen versuchte, sich zu einem vollständigen Halbrund zu bauen. Es gelang ihm nicht, er blieb Stückwerk – er hing, ein leuchtender Fetzen, gerade über einem weißen Langhaus auf halber Höhe des Berges drüben. Etwas tiefer unten war noch ein Gehöft zu sehen; Gwenny beschloß, dort anzuklopfen und Unterkunft für die Nacht zu erbitten. Nahm man sie nicht auf, so war es auch kein Unglück. Es würde sich eine Scheuer finden oder ein Stall, Schutz genug, da sie jetzt diesen dicken, warmen Umhang hatte. Sie zog ihn fester um sich und gedachte in Dankbarkeit der Geberin.

Ferner dachte Gwenny an Schuhe. Diese, die sie anhatte, waren hübsch: leichte Schuhe mit blanken Schnallen; von einem Ort zum andern zu gehen, kurze Strecken auf leidlichen Straßen, dazu taugten sie. Aber das war nun vorbei, von jetzt an ging es kreuz und quer durchs Land. Wer konnte wissen, wie weit es war bis Corwryon? Schuhe also, gute, derbe Schuhe für rauhe Wege. Neue Schuhe, für ihren Fuß gearbeitet. Gwenny zog die Augenbrauen zusammen, so angestrengt überlegte sie.

Seit sie ihr Wanderleben begonnen hatte, war ihre Kleidung abgelegtes Zeug gewesen. Wie auch diese Schuhe. Geld wies Gwenny zurück, aber einen Rock, eine Jacke, ein warmes Tuch durfte man ihr bieten;

was sie nötig hatte, nahm sie an. Da sie von Hof zu Hof ging oder von einem Gasthaus zum andern, waren die guten Frauen sehr darauf bedacht, daß die Gabe ihnen keine Unehre machte. Sollten sie im nächsten Haus fragen: »Woher hast du denn den armseligen Fetzen, Kind?« und von Gwenny ihren Namen hören? Keiner von ihnen lag daran, und so ging die Kleine ehrbar gekleidet wie eine der Ihrigen, im dunkelroten Rock der Waliserin oder in einem braunen, je nachdem, und in der knappen Jacke, die dazugehörte. Sogar ein Schultertuch mit Fransen hatte sie.
Nur mit dem Schuhwerk hatte es seine Not. Häuser mit heranwachsenden Töchtern hatten das zu verschenken, andere nicht. Und allzugut paßte es dann nicht, es war Glückssache.
Neue Schuhe, die noch kein Fuß abgenutzt oder auch nur sich zurecht getreten hatte – was immer sie kosteten, die mußte sie haben. Und wie kam sie zu ihnen?
Sie würde um sie dienen, wie sie seit langem um alles gedient hatte. Wenn sie zur nächsten Stadt kam, würde es sich finden. Sie sah ein paar Schafen zu, die vor ihr über den Hang zogen, und sie lachte ein wenig. Ja, Hufe sollte sie haben, wie die!
Damit knüpfte sie den Rest ihres Vorrats wieder in das Tuch und stand auf. Es war noch weit bis zu jenem Gehöft.

An diesem Abend blieb sie jedoch nicht dort, sondern in einer Hütte, die versteckt hinter Bäumen hockte, noch auf dieser Seite des Tals. Das Wetter war wieder schlimm geworden, sie war froh, Aufnahme zu finden. Es waren freundliche Leute, aber arm, und eben jetzt in großer Not, denn die Frau war krank, sie konnte sich weder um den Haushalt noch um ihre Kinder kümmern. Ihr Mann arbeitete auf einem Bauernhof in der Nähe, er kam vor Abend nicht nach Hause. Es war ein Jammer um sie und die Kleinen; Gwenny sah ein, daß hier Hilfe not tat, daß sie wenigstens ein paar Tage bleiben müßte. Und so blieb sie denn.

Sie aß die Armeleutekost ebenso zufrieden wie am Tage vorher das schöne Schmorfleisch mit Rüben, das Mistress Alys ihrem Gesinde vorgesetzt hatte. Die Kinder, wie auch der Häusler, waren froh, etwas Warmes zu bekommen, denn in den letzten Tagen hatte es nur Brot und Schmalz gegeben. Sie waren so erstaunt über die neue Hausgenossin, daß sie sich mäuschenstill verhielten, sie gehorchten ihr aufs Wort.

Gwenny fragte sich, wo sie schlafen würden, alle fünf – bis auf das Kleinste, das noch in der Wiege lag. Aber es gab einen Anbau hinten, fast war es nur ein Verschlag, darin schliefen die Kinder, und für sie selbst war auch noch Raum. Der Häusler brachte ihr eine Schütte Stroh und ein grobes, schweres Laken, damit würde es schon gehen. Mistress Alys' warmer Umhang diente ihr als Deckbett; gut schlief es sich nicht gerade, aber auch nicht allzu schlecht.

Noch nie war Gwenny irgendwo geblieben, wenn es sie drängte, weiter zu ziehen, und wenn sie es noch so gut gehabt hatte. Diesmal spürte sie schon am andern Morgen, daß sie fort müßte, aber sie blieb. Und zwar länger als je zuvor, denn erst eine Woche später war die Häuslerin soweit, daß sie aufstehen konnte, und sie schien immer noch nicht recht bei Kräften zu sein. Gwenny mußte noch ein paar Tage zugeben. Es wurde ihr schwer; diese letzten Tage bei den guten Leuten, die sie so nötig brauchten, waren fast nicht zu ertragen.

Sie wußte, daß sie das Rechte tat, und doch wehrte sich alles in ihr gegen den Zwang. Sie verging beinahe vor heimlicher Ungeduld. Ihr war, als ob alle Straßen des Landes nach ihr riefen. Aber sie verschloß ihre Unruhe wie unter einem Brunnendeckel, niemand hätte sie ihr angesehen.

Der Morgen kam, an dem sie gehen konnte, so sehr Bronwen und David sie auch baten, bei ihnen zu bleiben. Sie taten es nicht des eigenen Vorteils halber, sondern weil das Mädchen ihnen liebgeworden war. Weil sie sich um Gwenny sorgten, sie nicht gern auf der Landstraße wußten, sie schützen wollten – wovor?

Ach, wovor! Was konnte einem arglosen jungen Ding, allein in der Welt, nicht alles zustoßen? Sie fürchteten für Gwenny, und wenn sie dieser Furcht auch keinen Namen gaben, sie bestand, sie ließ sich nicht verstekken. Wieder und wieder mußte Gwenny versprechen, zu ihnen zurückzukehren, sollte es ihr schlecht gehen. Hier würde immer eine Heimat auf sie warten.

Sanft machte sie sich aus den Händen los, die sie halten wollten. Als sie frei war und endlich frisch drauflosschwandern konnte, wußte sie, daß dieser Abschied ihr eine Lehre sein müsse. Sie durfte es nicht nochmals soweit kommen lassen, es kostete zuviel, sich dann loszureißen. Bald aber war sie wieder heiter, denn sie bedachte, daß sie fast noch ein ganzes Jahr vor sich hätte. Wenn sie auch nicht wußte, wie lange sie nach Corwryon unterwegs sein würde – ein Jahr war sicher reichlich viel Zeit? Es war wohl doch nicht nötig, damit zu geizen.

Der Schuhmacher Hywel blickte auf, als die Fremde in seine Werkstatt trat. Sie war wie ein Mädchen vom

Lande gekleidet, ordentlich, aber äußerst schlicht. Ein großer Umhang lag gefaltet über ihrem Arm, in der Hand trug sie ein Bündel. Sie sagte, daß sie um ein Paar Schuhe gekommen sei, neue, feste Schuhe brauche sie, die lange halten würden. Wie lange sie dafür dienen müßte?

»Dienen?« sagte Hywel geringschätzig. »Solche Schuhe, wie ich sie mache, die kosten Geld. Hast du Geld?«

Nein, erklärte Gwenny, das hätte sie nicht. Darum eben wollte sie für die Schuhe arbeiten, aber vielleicht brauche er keine Magd?

Hywel fuhr sie grob an. Für solche wie sie mache er keine Schuhe, er sei der angesehenste Schuhmacher in Brecon und arbeite nur für bessere Leute. »Scher dich«, sagte er barsch.

Gwenny nickte und ging aus der Tür. Da fiel Hywel ein, daß seine Schwägerin wieder einmal ohne Magd sei, denn keine hielt es bei ihr aus. Diese junge Fremde, die er so heftig angefahren hatte, die ohne ein Widerwort gegangen war – sie schien von gefügsamer Art zu sein. Geduldiger, vielleicht ein wenig dümmer als die Mädchen hier in der Stadt? Außerdem würde sie aushalten müssen, bis sie die Schuhe abgedient hatte, und den Preis bestimmte er selber. Hywel witterte einen Vorteil. Er schickte seinen Lehrjungen aus, Gwenny zurückzubringen.

Lange brauchte er nicht auf die beiden zu warten.

»Hör, Mädchen«, sagte Hywel viel milder als zuvor, »ich werde dir Schuhe machen, und sie sollen dir sitzen wie ein paar feine Handschuhe –«

»Nein«, sagte Gwenny, »ich brauche Schuhe für einen langen Weg.«

»Ich meinte, sitzen wie angegossen«, erklärte Hywel,

»und haltbar werden sie auch sein. Bis ans Ende der Welt kannst du in Schuhen von mir laufen.«
»Bis nach Anglesey?«
»Bis dahin ganz bestimmt und noch ein gutes Ende weiter«, versprach Meister Hywel, »und sie kosten dich acht Wochen Arbeit hier in unserem Haus.«
»Sechs Wochen«, sagte Gwenny fest. Der Geselle blickte von seiner Arbeit auf. Sechs Wochen bei der bösen Sieben da oben, das würden teure Schuhe. Immerhin, das Mädchen verstand zu handeln. Nun trat sie aus ihrem Schuh, als ob der Meister eingeschlagen hätte, und hielt ihm den Fuß hin, damit er das Maß nähme.
Hywel meinte, das hätte noch Zeit. Sechs Wochen denn, gut. Wenn sie um wären, würde sich wohl etwas für sie finden, er hätte Schuhwerk auf Lager.
Aber Gwenny bestand darauf, sie wollte Schuhe, die allein für sie gearbeitet wären, nicht irgendwelche. Und früh genug müßten sie fertig sein, damit er ihr ein anderes Paar machen könnte, falls das erste etwa drücken sollte.
Der Lehrling schnob vor Lachen und kriegte eins an die Ohren. Der Geselle sah das Mädchen fast mit Achtung an. Noch nie hatte jemand dem Meister so knapp und klar Widerpart gehalten – niemand, hieß das, außer reichen und verwöhnten Kunden. Und nun diese kleine Landstreicherin ...
»Eine Landstreicherin!« erboste sich die Hausfrau, als ihr die neue Magd zugeführt wurde. »So eine dulde ich nicht in meinem Haus!«
Meister Hywel wies darauf hin, daß es sein Haus so gut wie das ihre sei. Er war der ältere der beiden Brüder, und er wollte endlich etwas mehr Ordnung und Frie-

den haben. Es sei ja kein Aushalten mehr gewesen, die letzte Zeit. Und er betonte, das Mädchen sei seine Magd, nicht die ihre, danach möge sie sich richten.

Mistress Megan warf ihm einen bitterbösen Blick zu, sagte aber nichts mehr. Sie konnte sich an dem Mädchen schadlos halten, wenn er wieder in seiner Werkstatt steckte. – Und sie tat es. Sechs Wochen lang diente Gwenny diesem Weib mit der giftigen Zunge und der Hand, die viel zu gern zuschlug. Sie machte Gwenny das Leben so schwer wie sie irgend konnte, sie bürdete ihr auf, was sich ersinnen ließ, und Gwennys Arbeitstag dauerte von der ersten Morgendämmerung bis an die Mitternacht. Es gab kaum eine Stunde, die das Mädchen hätte freundlich nennen können oder leicht. Wenn sie erträglich war, dann war es schon eine gute Stunde. Der Geselle behielt recht, es wurden teure Schuhe.

Aber der Meister, der in diesen sechs Wochen viel mehr Behagen gespürt hatte als er gewöhnt war, hielt sein Wort. Die Schuhe, in denen Gwenny aus seiner Tür ging, paßten vorzüglich und waren vom besten Leder. Überdies waren sie dicht und fest genäht: nasse Füße würde Gwenny nicht so bald bekommen.

3.

Trotzdem ging Gwenny, wenn auch leichten Fußes, so doch nicht leichten Herzens ihren Weg, als sie endlich wieder frei war. Diese sechs Wochen unter ein und demselben Dach waren eine harte Schule für sie gewe-

sen. Vor allem hatte sie gelernt, daß sie eine vertraute und im ganzen freundliche Welt hinter sich gelassen hatte, als sie den Weg nach Corwryon einschlug. Bisher hatte ihr Wanderleben sich in einem gewissen Umkreis bewegt, der ihr bekannt war, in dem man sie kannte. In dieser neuen Welt aber wußte man nichts von ihr, man betrachtete sie mit Mißtrauen oder mindestens ohne Anteilnahme. Landstreicherin – wie oft hatte Mistress Megan ihr das häßliche Wort ins Gesicht geschrien! Sie war keine, aber sie wurde dafür gehalten, das wußte sie nun. Es würde nicht mehr leicht sein, Unterkunft zu finden und mit der Arbeit von ein, zwei Tagen ihr Brot zu gewinnen.
Aufs Geldverdienen war sie nicht aus. Geld bedeutete ihr nichts, sie verstand sich nicht darauf. Sie sah einfach nicht ein, daß ihre Zeit und Mühe mehr wert sein könnte als ein paar Mahlzeiten, ein Bett für die Nacht, ein abgelegtes Kleidungsstück. Mehr als das wollte sie nicht, nur eben, was zum Leben unbedingt nötig war. Gwenny krauste unwillig die Stirn. Nein, sie würde sich nicht ändern, sie würde bleiben, wie sie war. Nur so konnte sie frei sein, zu kommen und zu gehen, wie sie wollte. Vor allem gehen, weiter und weiter und weiter, bis sie Corwryon und sein Wunder fand. Heute morgen, als sie von Meister Hywel Abschied genommen hatte, war etwas Unerwartetes geschehen. Er hatte ihr ein Geldstück in die Hand drücken wollen. Aber nein, sie hatte ihre neuen Schuhe, mehr wollte sie nicht von ihm, und das Geld war in seiner Hand geblieben. Noch war sie nicht bei der Brücke angelangt, da wurde sie von dem Gesellen eingeholt, den schickte der Meister mit einem Päckchen für sie. Brot war darin und etwas kaltes Fleisch, ein hölzernes

Büchschen mit Tee und sein altes Feuerzeug, damit sie doch für den ersten Tag etwas hätte.

Der Geselle war neugierig und hatte sie ausfragen wollen: Warum sie denn nach Anglesey wolle? Und Gwenny darauf: Nach Anglesey eigentlich nicht; sie suche einen Ort, der Corwryon heiße, bei Bangor sollte er liegen. Und Bangor, das wußte sie nun, war nicht sehr weit von Anglesey. Ivor riß die Augen auf und rief, nein – Bangor sei ganz in der Nähe seiner Heimatstadt Tregaron.

»Und Corwryon?« fragte Gwenny gespannt.

Von Corwryon wußte Ivor nichts, meinte aber, es würde sicher leicht zu finden sein. Es war gut möglich, daß es ein Gehöft dieses Namens gab, wenn er auch nie davon gehört hatte. Den Weg nach Tregaron kannte er natürlich, er ging ihn jedes Jahr, wenn er seine Schwester besuchte, und er beschrieb ihn ihr genau. Auf diesem Weg würde sie viel schneller hinkommen als auf der Landstraße.

»Einsam ist er und rauh«, sagte Ivor, »aber du schneidest ein gutes Stück ab. In Tregaron kehrst du bei meiner Schwester ein, grüße sie von mir. Sie hat den Schmied geheiratet, es geht ihr gut. Sie wird dich gern aufnehmen. Und dort fragst du, wie du nach Bangor kommst.«

Gwenny meinte, das sei der beste Bescheid, einen besseren könnte sie sich nicht wünschen, und sie würde ihn befolgen. Ivor wünschte ihr Glück auf den Weg, sie dankte ihm, und er lief zurück.

An diesem Abend klopfte Gwenny nirgends an. Wohl kam sie an ein Dorf, gerade als die Sonne sich senkte, aber sie ging hindurch, sie blickte weder rechts noch links. Einem heimkehrenden Arbeiter, der sie grüßte,

gab sie den Gruß zurück, sonst sprach sie mit keinem Menschen. Den ganzen Tag hatte sie es ausgekostet, daß sie wieder frei war, ungebunden, das wollte sie so schnell nicht aufgeben. Es war wie ein kostbarer Besitz, nichts in der Welt durfte ihn ihr schmälern. Kein mißtrauischer Blick, keine neugierige Frage, vor allem keine Ermahnungen, und wenn sie noch so gut gemeint waren – dieser erste Tag und sein Abend sollten ihr allein gehören.
Etwas außerhalb des Dorfes kam sie an einen Wagenschuppen im Feld, der war ihr gerade recht. Ein alter Karren stand darin, rostiges, zerbrochenes Gerät lag in dem einen Winkel, in dem andern etwas moderndes Heu. Es raschelte darin; nein, das war kein Bett für sie. Lieber lag sie hart. Sie kletterte auf den Karren, rollte sich zusammen wie ein Igel und hörte den Eulen zu, die in den Bäumen hinter dem Schuppen einander zuriefen.
Gwenny schlief, wachte, schlief wieder ein wenig. Nie lange, denn es war sehr kalt, sie fand nicht viel Ruhe auf ihrer harten Lagerstatt. Und doch war sie zufrieden. Sie hatte es so gewollt, und das machte sie im Innersten froh. Bald würde es Tag werden, aber keine schrille Stimme würde sie wecken, keine Hand sie wachrütteln. Das zu denken war mehr als Zufriedenheit, es war Glück.
Regen tropfte und sang sie ein. Endlich schlief sie, bis in den hellen Morgen hinein. Etwas steif und übernächtigt war sie wohl, als sie von dem Karren stieg, aber das verlor sich schnell.
Die Sonne schien gerade in die Scheuer hinein. Gwenny ging nach draußen und sah sich um; es war kein übler Fleck, den sie gefunden hatte. Jetzt im Mor-

genlicht sah er sogar hübsch aus, ein altes graues Gemäuer mit hohen Ulmen dahinter, und weiter weg ein kleines Gehölz. Es würde sie doch wundern, wenn dort kein Wasser wäre, und Gwenny ging hin, um nachzusehen.

Sie hatte richtig geraten, ein schmaler Bach wand sich durch die Wiesen und um das halbe Wäldchen herum. Gutes klares Wasser auf sandigem Boden; wenn ich ein Geschirr hätte, dachte Gwenny, könnte ich Tee kochen. Sie verspürte das heftigste Verlangen nach brühheißem Tee. Alles, was dazugehörte, hatte sie ja, nur ein Kochgeschirr fehlte. Aber vielleicht ließ sich eins finden. Bei solchen alten Scheuern lag vieles herum, vergessen oder weggeworfen, man mußte nur Glück haben und seine Augen gebrauchen.

Eine kurze Suche, und Gwennys Glück bewährte sich. In einem Haufen von Holzasche und welkem Laub steckte eine irdene Kruke, Hals und Henkel abgebrochen, aber der Rest war brauchbar. Sie lief damit zum Bach und säuberte ihn gründlich, mit scharfem Sand und einem Graswisch. Triumphierend trug sie ihn zu dem Schuppen zurück, als sei er ein großes Geschenk.

Ein Feuer war schnell gebaut, allerlei Holzspäne und -splitter, die sie in den Ecken des Schuppens fand. Sobald sie genügend Glut hatte, stellte sie ihren Scherben hinein, sehr achtsam, damit er nicht umfiel. Sie setzte sich daneben, legte Reisig nach und hütete ihn gut. Aus dem Bündel nahm sie ihr Messer und einen zerbeulten Zinnbecher, auch irgendwo gefunden und aufgehoben, ihr weißes Tuch, etwas Brot und Rauchfleisch. Zuletzt kam das Teebüchschen. Im Scherben begann es zu sieden. Sie schüttete von dem Tee hinein, rakte die Glut beiseite und wartete, den Kopf in die

Hände gestützt. Unterdessen betrachtete sie, was sie auf einem flachen Stein bereitgestellt hatte. Richtig ein kleiner Hausstand, dachte sie. Sie machte sich damit zu schaffen, legte das Brot so und das Messer so und rückte am Becher. Sie lachte leise. So hatte sie als kleines Mädchen Hausfrau gespielt – und dann nie mehr. Aus dem Spiel war Ernst geworden; zuletzt, in Mistress Megans Küche, grimmiger Ernst.

Oh, der gute heiße Tee! Milch hatte sie nicht, aber auch so war er köstlich. Er schmeckte nach Holzrauch, ganz wenig. Es war ihr neu, es gefiel ihr.

Sie aß und trank und meinte, dies sei wirklich ein freundlicher Fleck. Warum nicht ein Weilchen hierbleiben, vielleicht sogar über Nacht? Sicher würde sie sich ein besseres Lager richten können, im Gehölz gab es Farn, und wenn die Sonne es weiterhin so gut meinte wie jetzt, dann würden die braunen Wedel bis zum Abend trocken genug sein. Sofort machte sie sich an die Arbeit, breitete einen Armvoll nach dem andern auf Steinen und Büschen aus und wendete sie fleißig. Die zweite Nacht in dem alten Karren verbrachte sie viel angenehmer als die erste, war früh auf und bald unterwegs. Ein schmaler Wiesenpfad brachte sie zur Landstraße zurück.

Nur eine kurze Strecke, und sie war bei der Kreuzung, die Ivor ihr beschrieben hatte. Von hier an mußte sie die Wege zählen, die nach rechts abbogen, und den vierten einschlagen. Er lief durch eine Landschaft, schön wie ein Garten; eine Kirche stand allein unter hohen Bäumen, und weiter weg, am Fuß eines Hügels, sah sie ein großes, helles Herrenhaus. Dann, sacht ansteigend, lief ihr Weg einen lichten Wald entlang und auf höhere Hügel zu, weit geschwungen und kahl.

Zwei Hügelketten waren es, sie begleiteten ein langes, nicht sehr breites Tal. Viele kleine Bäche sprangen von ihnen herab, über Felsstufen weg auf einen Fluß zu, der war ebenso lebhaft und lustig wie sie. Hier und da weideten Schafe, zu zweien und zu dreien, sonst sah sie weder Mensch noch Tier.

Es gefiel ihr sehr, dieses Tal mit den rauschenden Wassern, und sie ging vom Wege ab, dahin, wo riesige flache Felsen den Fluß einengten. In schäumenden Stromschnellen stürzte er talabwärts; dort saß sie lange und sah ihm zu.

Und sie hörte ihm zu. Sprach er, sang er? Gwenny verlor sich an die vielen Stimmen des Wassers. Überm Schauen und Lauschen verrann die Zeit. Plötzlich merkte sie, daß der Himmel finster geworden war, ein kalter Wind fuhr durch das Tal. Das Rauschen des Wassers tönte lauter, beinahe drohend. Gwenny sprang auf, nahm ihre warme Hülle um und beeilte sich, zu ihrem Pfad zurückzukommen. In dieser Einöde wollte sie nicht von der Nacht befallen werden.

Gerade das geschah. Regen stürzte nieder, dicht und schwer, und nirgends ein Unterschlupf. Nicht ein Baum oder Busch, nicht einmal ein Mauerwinkel, in dem sie sich hätte bergen können. Tal und Fluß, die sie vorhin so schön gefunden hatte – jetzt schienen sie ihr feindlich, erbarmungslos. Gwenny strebte vorwärts, tief gebeugt, Meile auf mühsame Meile. Ihr war aber, als käme sie kaum weiter.

Auf einmal war da eine Brücke. Nicht hoch, nicht gewölbt; eigentlich nur ein paar schwere Steinplatten, in der Mitte des Flusses ein Felsen oder Pfeiler, der sie trug. Fast wie ein flaches Dach: etwas Schutz würde es gewähren.

Sie hatte richtig geraten, hier auf dieser Seite ruhte die Brücke auf dem Gestein des Ufers, und als sie sich hinuntergetastet hatte, befand sie sich in einer kleinen Nische, gerade tief genug, daß sie Platz darin hatte. Wenn der Fluß nicht zu sehr anschwoll, konnte sie hier abwarten, bis der Morgen kam. Schlafen würde sie gewiß nicht, das Wasser lärmte so laut, aber es war doch hier etwas geschützter als am offenen Hang. Gwenny beschloß, es zu wagen. Sie kauerte sich in den Winkel, so gut es ging, und tröstete sich damit, daß wenigstens der Sturm sie hier nicht finden konnte.
Es wurde eine lange Nacht. Ihr Umhang, so dick er war, wärmte sie nicht, denn er war naß vom Regen. Die Feuchte drang durch ihre Kleider, und sie begann zu zittern, sie konnte nicht aufhören. Sie aß etwas von ihrem kleinen Vorrat, aber es half nicht viel. Dazu strudelte das Wasser heftiger und lärmender an ihr vorbei, ab und zu schickte es kalte, spöttische Spritzer zu ihr hinüber. Wenn ich eine Leuchte hätte, sagte Gwenny vor sich hin, ich ginge doch weiter, die Nacht durch.
Gleich darauf kam der Mond aus dem Gewölk hervor, als ob sie ihn gerufen und er sie gehörte hätte. Sofort kroch Gwenny aus ihrem Versteck, kletterte zum Weg hinauf und stand auf der Brücke. Mit Schrecken nahm sie wahr, wie hoch das Wasser gestiegen war, und wer konnte sagen, wieviel mehr noch von den Bergen kommen würde? Sie erkannte, daß sie einer großen Gefahr entronnen war, daß sie bei einem schlimmen Feind Zuflucht gesucht hatte. Wie gejagt verließ sie den Ort.
Wenn die Wolken es zuließen, leuchtete ihr der Mond. Verhüllten sie ihn, dann hielt sie notgedrungen an, um weiter zu eilen, sobald es wieder möglich war. Mit Sei-

tenstechen und Herzklopfen, mit Stolpern und Stürzen, aber sie kam vorwärts, und ihr wurde warm dabei. Das war doch wenigstens ein Gutes. Sie dachte an Ivor, der ihr zu diesem Weg geraten hatte, und wünschte nichts so sehr, als daß er an ihrer Statt naß und frierend durch die Nacht laufen möchte.
Der Pfad stieg an, sie war aus dem Tal heraus. Am Himmel erschien ein grauer Streifen, es wollte Tag werden. Als es hell war, sah sie eine Stadt, wenn auch noch in beträchtlicher Entfernung. Es war Tregaron.

4.

Die Schmiede war schnell gefunden, und Ivors Schwester nahm Gwenny freundlich auf. Nicht ohne großes Staunen: »Die Nacht durchgewandert«, rief sie ein übers andere Mal, »und um diese Jahreszeit! Was hat Ivor sich nur gedacht? Ja, wenn es Sommer wäre – Ivor geht diesen Weg nur im Sommer. Und dieses Kind schickt er im März auf einen solchen Weg!«
Sie wies ihre Magd an, Feuer unterm Waschkessel anzuzünden, einen Zuber dicht daran zu rücken, und sobald das Wasser heiß sei, ihn zu füllen. »Das geht schnell«, versicherte sie und ging in ihre Kammer, wollene Strümpfe und warmes Zeug zu holen. Gwenny saß derweil beim Herd und bewachte einen Suppentopf, in dem es heftig brodelte; sie hielt einen großen Becher mit heißem Tee, stark und süß, der sie von innen erwärmen sollte. Er wurde immer schwerer in ihrer Hand und ihr Kopf noch schwerer – Beth Pritchard konnte gerade noch den Becher retten und den

Topf zur Seite ziehen, denn Gwenny war nicht mehr imstande, dem Schlaf zu wehren. Beth schüttelte den Kopf und zog das Mädchen hoch. Gwenny lächelte wie im Traum und ließ sich in die Waschküche führen. Der Zuber dampfte, Seife und warme Tücher warteten, denn Beth hatte als Kindermädchen in einem Gutshaus gedient und wußte, was vonnöten war. Bald war Gwenny krebsrot vom heißen Wasser und dem kräftigen Abreiben, sie steckte in einem Flanellhemd, das ihr vom Hals bis an die Füße reichte, und gleich darauf in einem weichen Bett.

»Ganz anders als unter der Brücke«, murmelte sie, sank in die Kissen und in den tiefsten Schlaf. Beth Pritchard betrachtete sie mitleidig, zog die Decken fester um sie und ging leise aus der Kammer.

Dank Beths guter Pflege trug Gwenny nichts Schlimmeres als eine leichte Erkältung davon. Jedesmal aber, wenn sie niesen mußte, und das mußte sie oft, hatte sie ein Mahnrede von ihrer Wirtin anzuhören, die stets als eine gute, nützliche Lehre endete.

»Das Land«, sagte Beth eindringlich, »mußt du kennen! Du mußt es, sozusagen, auswendig lernen, seine Moore, seine öden Strecken, die steinigen Hänge, vor allem die Flüsse«, und sie fuhr fort, aufzuzählen, was einem alles an Unglück passieren könnte, wenn man unwissend hindurchlief. Sie selbst war in einer einsam und hoch gelegenen Schäferei aufgewachsen, sie kannte sich aus.

Im Anfang versuchte sie, ihrem jungen Gast das Wanderleben ganz und gar auszureden, aber als sie einsah, daß es nicht fruchtete, hörte sie damit auf. Statt dessen ging sie dazu über, Gwenny allerlei beizubringen, das ihr nützen konnte.

Das Mädchen wußte, daß sie es gut meinte, es achtete genau auf ihre Worte und versprach, sich nach ihnen zu richten. Nur wenn Beth ihm mit Vorschlägen kam, wenn sie von Sicherheit und guten Stellen redete, stieß sie bei Gwenny auf Granit. »Grad das Richtige für dich«, begann sie hoffnungsvoll, »zweites Kindermädchen in Ty Gwyn – ein so gutes Haus, das erste und vornehmste im ganzen Kreis! Du kannst es zu etwas bringen, vielleicht zur Hauptkinderfrau, und das ist ein Vertrauensposten. Gwenny, bedenk doch, du wärst ein Leben lang versorgt. Siehst du es nicht ein, Kind?«
»Doch«, erwiderte Gwenny.
Beth freute sich. »Wirklich? Du nimmst an? Dann will ich gleich –«
»Nein, nein«, sagte Gwenny, »ich meinte nur, ich sehe es ein. Aber zuerst muß ich ja nach Bangor.«
Davon war sie nicht abzubringen.
Beth seufzte und sagte, es sei schade um Gwenny, und dann riet sie ihr, wenn es denn unbedingt sein müßte, bald zu gehen. Um so eher würde sie wieder zurückkommen. Es sei nicht weit bis Bangor, der Nachbar Llew hätte in der Gegend zu tun und könnte sie auf seinem Wägelchen ein Stück mitnehmen. Gwenny nahm mit Dank an und rollte am nächsten schönen Morgen aus Tregaron heraus und auf Bangor zu.
Der Nachbar Llew war ein lustiger, gesprächiger Mann, er kannte das ganze Land bis Aberystwith genau, und Bangor natürlich auch. Er nannte es Capel Bangor; Gwenny hörte es wohl, dachte sich aber nichts dabei. Überall in Wales gab es Orte, die nach Kirchen oder Kapellen hießen. Sie sprang vom Wagen, als Llew anhielt, reichte ihm die Hand zum Abschied und schlug den Weg ein, den er ihr bezeichnet hatte.

Wie gut diese Leute waren, besonders Beth. Aber auch Beths Mann, der Schmied, und ihre Kinder, und jetzt dieser Llew. So hilfsbereit, und was er alles wußte! Nur über Corwryon hatte er ihr nichts sagen können, der Name war ihm gänzlich unbekannt.

Es focht Gwenny wenig an. Zuerst ging sie jetzt zu der Stadt Bangor hin, dann würde sie weitersehen; es mußte jemand geben, der wußte, wo Corwryon zu finden sei.

Und hier war sie nun, dies war Bangor. Eine Stadt? Höchstens konnte man es eine Ortschaft nennen – diese Reihe bescheidener Häuser, die paar Gassen dahinter, eine Kirche, die abseits stand. Unschlüssig blieb Gwenny stehen. Wohin sollte sie sich wenden? Die Straße war leer, denn es war Mittag, die wenigen Läden, die sie sah, waren geschlossen. Niemand ging vorbei, den sie hätte fragen können.

So wollte sie denn auch Mittag halten. Beth hatte ihr reichlich mitgegeben, nur einen Brunnen mußte sie finden, oder eine Quelle.

Kurz darauf hatte sie alles – reines, frisches Wasser, das in einen steinernen Trog fiel, eine niedere Mauer dabei, auf der sie bequem saß, und beides nah an der Straße. Sicher würde bald jemand vorüberkommen und ihr sagen, wohin diese Straße ging.

Der erste, der vorüberkam, war ein alter Mann, so taub, daß er ihre Frage nicht einmal hörte. Er schüttelte nur den Kopf und schlurfte weiter. Der zweite war ein Junge, der eilends dahintrabte; er bemerkte sie gar nicht. Dann kamen zwei junge Mädchen mit einem Korb, die hatten es nicht eilig. Sie blieben stehen, als Gwenny sie ansprach, und gaben Antwort. Sie kannten kein Gehöft namens Corwryon, wollten aber gern behilflich sein und nannten ihr alle Gehöfte um Bangor, die es gab. Sie schienen enttäuscht zu sein, weil Gwenny auf Corwryon bestand, sie fragten einander und fragten Gwenny mehrmals, warum sie denn nicht nach Dolwen oder nach Goginan ginge, da sie ihr doch die Wege dorthin genau beschreiben könnten... Endlich nahmen sie Abschied und gingen weiter, immer noch erörternd, zu welchem der beiden Orte die Fremde am besten hätte gehen sollen. Gwenny blieb zurück, halb lachend, halb verwirrt gemacht durch das sinnlose Gespräch.

Sie kehrte um und fand einen kleinen Laden offen. Die Ladnerin war gefällig, sie konnte ihr aber auch nicht helfen. Gewiß, es kamen viele Leute aus der Umgebung zu ihr, sie kannte ihre Höfe, sie hatte die Namen hier in ihrem Buch. Es sei kein Corwryon darunter, das könne sie beschwören.

Ihr fiel etwas ein – wenn der Hof so weit von hier wäre, daß die Leute nicht bei ihr, sondern im nächsten Ort einkauften? Dann würde sie Gwenny raten, zum Haus des Fuhrmanns zu gehen. Wenn der ihr nicht helfen könnte, dann brauchte sie in und um Bangor nicht mehr nachzuforschen. Allerdings würde er wohl unterwegs sein, es war sein Gewerbe, und vor dem späten Abend nicht heimkehren, wenn nicht erst morgen. Zweifelnd und etwas mitleidig sah sie das Mädchen an.

Gwenny dankte ihr und ging langsam die Straße entlang, vorbei am Haus des Fuhrmanns. Sie erhoffte sich wenig von ihm. Aber sie fand eine Schmiede und erkundigte sich dort. Es war vergeblich, der Mann hatte nie von Corwryon gehört, und er beschlug doch alle Pferde in und um Bangor herum. Das genügte ihr, sie

ließ Bangor hinter sich und nahm ihren Weg wieder auf, bis zu dem Fleck, wo Llew sie gelassen hatte. Sie mußte nun erst einmal nachdenken, wohin sie sich wenden sollte. Mit diesem Bangor war es nichts, davon war sie überzeugt. Die ganze Zeit war ihr gewesen, als fehle hier das Wichtigste. Was war es nur? Sie setzte sich auf einen Stein und überlegte, was es sein könnte. Bald hatte sie es. Die See! Hier Bangor, dort Anglesey, und dazwischen das Wasser. Kein breites Wasser – man nannte das eine Meerenge, das hatte sie in Brecon erfahren. Wie hatte sie es vergessen können?
Ein paar Arbeiter kamen vorbei und grüßten sie.
»Wohin des Wegs?« rief einer ihr zu.
»Zur Küste«, gab sie zurück. Er wies mit dem Daumen über die Schulter: »Die ganze Straße führt dahin.« Die andern lachten. Aber Gwenny freute sich und dankte ihm. Nun wußte sie doch, welchen Weg sie nehmen mußte.
Zwei Tage später stand sie bei Foel-ynys am Strand und blickte über das Wasser hinweg zum andern Ufer hin. Eng genug war die Wasserfläche, aber weder hüben noch drüben war eine Stadt zu sehen. Nicht einmal ein Haus, nur der leere Strand.
Nicht ganz leer! Zwei dunkle Gestalten näherten sich, ihrer Kleidung nach geistliche Herren, tief in ihr Gespräch versunken.
Gwenny raffte all ihren Mut zusammen und wagte es, sie anzureden, sie grüßte bescheiden und bat, etwas fragen zu dürfen. Es wurde ihr etwas überrascht, aber freundlich gewährt, und sie sagte, sie möchte gern wissen, ob das da drüben Anglesey wäre.
»Aber nein«, riefen beide Herren zugleich, »Anglesey ist weit von hier, dies ist die Mündung des Dovey-Flus-

ses.« Und da sie gewahrten, wie enttäuscht das Mädchen auf die Bucht blickte, fragten sie teilnehmend, was sie nach Anglesey führe, was sie dort suche.

»In Anglesey nichts«, erklärte Gwenny, »nur – ich muß nach Bangor, und das soll da ganz in der Nähe sein, nur eine Meerenge dazwischen. Aber ich war schon in Bangor, und da war keine Meerenge. Überhaupt kein Meer. Hier ist nun Meer, und eng ist es da vorn auch, aber kein Bangor. Was fang' ich nun an?«

So ratlos blickte sie zu ihnen auf, daß die Herren nur zu gern bereit waren, ihr zu helfen. Sie wußten, welcher Irrtum im Spiel war, den mußten sie richtigstellen. Gütig belehrte sie der ältere der beiden: »Das, was du suchst, ist eine bedeutende Stadt mit einer Kathedrale und einer Universität, kein kleiner, unbedeutender Ort wie der, zu dem man dich hingewiesen hat. Das war Capel Bangor, nicht wahr?«

Gwenny bejahte es, und er fragte weiter: »Was willst du in Bangor, Mädchen? Hast du Verwandte dort, oder sollst du in Dienst gehen?«

So freundlich redeten sie mit ihr, daß Gwenny Vertrauen faßte und erzählte, sie müsse zu einem Hof in der Nähe von Bangor; sie nannte den Namen des Hofes, aber was sie dort suchte, verriet sie nicht.

»Corwryon«, überlegten die Herren. Nein, sie kannten diesen Namen nicht. Nur die Stadt, nicht ihre Umgebung. »Aber sieh her, Kind«, gebot der Jüngere und fing an, mit seinem Stock Linien in den Sand zu ziehen, »so läuft die Küste, der gehst du nach bis zum Dovey-Fluß. Und über die Brücke und weiter. Nicht sehr lange, und du kommst wieder an einen Fluß und an die Bucht, die ihn aufnimmt. Du gehst weiter und erreichst die dritte Flußmündung, hier –« er zeichnete sie ihr hin, »und erst wenn du die hinter dir hast, bei einer Stadt, die Caernarvon heißt, stehst du an der Meerenge, die du suchst, und von dort ist es nicht mehr weit bis nach Bangor.«

Alles, was er ihr gesagt hatte, mußte Gwenny wiederholen, bis sie es genau und sicher im Kopf hatte. Immer deutete die Stockspitze auf diesen Punkt, auf jenes Kreuzchen: »Und dies hier, Kind? Und das da?« Wie eine kleine Prüfung war es.

Endlich waren die beiden gelehrten Herren mit ihr zufrieden. »Nun kann nichts mehr fehlschlagen«, meinten sie. »Immer nach Norden und dann die Meerenge entlang, die Menau-Straße wird sie genannt, es ist ganz einfach. – Aber Kind, daß du so ganz allein durch das Land wanderst –«

»Werte Herren, das muß ich«, sagte Gwenny fest. Sie dankte ihnen aus ganzem Herzen für ihre Hilfe, machte ihnen eine tiefe Reverenz und trat den Weg an, den sie ihr bezeichnet hatten.

Die beiden Herren sahen ihr nach, nachdenklich der eine, in einiger Unruhe der andere. »Es gefällt mir gar nicht«, murmelte der letztere, »ein so junges Ding – ohne Schutz, ohne Begleitung...«

»Gewiß«, stimmte sein Freund ihm bei, »aber eins ist sicher. Die Kleine weiß genau, was sie will. Wir hätten nichts ändern können.«

Sie nahmen ihren so seltsam unterbrochenen Spaziergang wieder auf, nicht aber ihr Gespräch. Ihre Gedanken folgten dem wandernden Mädchen, und jeder fragte sich im stillen, was wohl ihr Ziel sei und ob sie es erreichen würde.

5.

Seit dem Beginn der freundlicheren Jahreszeit hatten die Straßen sich merkbar belebt. Nicht nur Händler und Landleute, die einem Wochen- oder Viehmarkt zustrebten, sondern auch fahrendes Volk, Kesselflikker und Zigeunerfamilien begegneten Gwenny, wie auch kleine Banden von Irländern, die übers Meer kamen, um Arbeit zu suchen.
Sie ging ruhig ihres Weges, neugierig angestarrt und oft mit derben Zurufen bedacht, denn es war freches Gesindel dabei.
Die Marktleute waren von besserer Art. Meist grüßten sie im Vorüberfahren, und Gwenny gab ihren Gruß zurück. Mit Marktbesuchern und andern, die zu Fuß gingen wie auch sie, wechselte sie gern ein paar Worte, sie tat auch wohl etwas mehr, wenn es nötig schien. So half sie einer Frau einen Korb voll junger Gänse heimtragen und wurde eingeladen, die Nacht über in ihrer Kate zu bleiben; ein andermal trieb sie Kälber zum Markt, denn der Junge, dem es aufgetragen war, kam damit nicht zurecht. Zum Dank teilte er sein Mittagbrot mir ihr, und das war gut, denn sie hatte keine Kruste mehr, der Junge aber hatte reichlich. Ob sie nun Gänslein trug oder Kälber trieb und einmal sogar ein paar quicklebendige Ferkel – es ging doch immer dem Norden zu. Im Anfang sehr entschieden und fast wie nach der Schnur, dann aber geriet Gwennys Wanderplan in Unordnung, ganz ohne ihr Zutun.
Was war es denn, das ihn durcheinander brachte? Weiter nichts als ein Zufall, und der verwickelte sie in eine Feindschaft, die sie nichts anging, warf ihr eine Bosheit in den Weg, die sie selbst nicht verursacht hatte,

machte sie zum Opfer eines Irrtums: Kurzum, er stiftete Unheil und nichts als Unheil für Gwenny.
Und so brachte er es zustande: Gwenny mußte über eine Anhöhe hinweg, um den Ort zu erreichen, wo sie übernachten wollte. Der Pfad senkte sich, er zog sich an einer weiten Mulde hin, in der fahrende Leute ihr Lager aufgeschlagen hatten. Kleine Feuer flackerten unter Kesseln, von den Frauen der Schar behütet, magere Pferde grasten am Wegrand, und überall balgten sich zerlumpte Kinder und zottige Hunde. Etwas weiter weg waren Karren zusammengeschoben; Männer und Burschen waren dabei, Zelte aufzustellen. Das Ganze sah wüst und verlottert aus. Gwenny ging etwas schneller; je weiter weg von hier, desto besser für sie.
Eine große, hagere Frau bei einem der näheren Feuer rief ihr etwas zu, und da Gwenny nicht anhielt, sprang sie auf, überholte sie mit wenigen Schritten und verstellte ihr den Weg. Ihre Augen unter dem grellbunten Kopftuch funkelten böse, sie stemmte die Arme in die Seiten und schrie das Mädchen an: »Wenn du eine von Jaspers Kröten bist, geh zurück und sag ihm von Rachel, hier lagert er diese Nacht nicht! Es ist unser Fleck, daß er's nur weiß!«
Gwenny schüttelte den Kopf. »Ich kenne keinen Jasper«, sagte sie ruhig, »ich weiß nicht, was Ihr wollt.«
Die Frau schob ihr Gesicht vor, um Gwenny schärfer anzusehen. Sie wußte wohl, daß sie sich geirrt hatte, gab aber trotzdem den Weg nicht frei. Das Mädchen sollte ihr Rede und Antwort stehen, ehe sie es vorüberließ. »Wenn du keine von Jaspers Sippe bist – wem gehörst du an, wo sind deine Leute?«
»Ich bin allein«, gab Gwenny zurück, »ich bin keine von

den Fahrenden. Dem Jasper müßt Ihr selber sagen, was Ihr ihm zu sagen habt. Und nun laßt mich vorbei.«
Die Frau aber wollte sie nicht gehen lassen, sie war neugierig geworden. »Sag, wer du bist«, forderte sie, »sag mir deinen Namen.«
Gwenny wurde es unheimlich, denn die Männer bei den Karren waren aufmerksam geworden. Einer löste sich aus ihrer Gruppe und kam herüber. Schnell nannte sie ihren Namen, in der Hoffnung, damit würde die Frau zufrieden sein, aber darin irrte sie. Der Mann stand nun auch noch vor ihr, er starrte sie an, dann sprach er mit der Frau in einer Sprache, die Gwenny nicht verstand. Es mußten Landfremde sein, aus Irland vielleicht oder von England herübergekommen – und während der Mann fragte und die Frau ihm Antwort gab, ging sie um die beiden herum und den Hang hinab, so schnell sie konnte.
Kurz darauf hörte sie Schritte hinter sich, sie blickte sich aber nicht um. Bald war sie eingeholt. Es war der Mensch aus dem Lager da oben, er blieb ihr zur Seite. Gwenny war nicht froh über den Begleiter. Es war nun fast dunkel, und sie wußte nicht, was er vorhatte. Er fragte sie allerlei in einem Gemisch von englischen und walisischen Brocken, das sie kaum verstand. Sie antwortete einsilbig oder gar nicht und wünschte nichts sehnlicher, als daß er sich fortscheren möchte. Aber wie ihm das beizubringen sei, wußte sie nicht. Sie fürchtete schon, daß sie ihn nie wieder loswerden würde, da sah sie nicht weit vom Wege ein Licht. Es fiel aus dem Fenster eines allein stehenden Hauses und gerade auf ein Hoftor.
Im nächsten Augenblick war dieses Tor zwischen ihr und dem lästigen Begleiter – sie stand im Hof und er

auf der Straße. Und da Gwenny auf ihr Klopfen hin die Tür geöffnet wurde, blieb ihm nichts anderes übrig, als zu seinem Lager zurückzukehren. Eine Weile wartete er noch beim Tor, ob das Mädchen wieder zum Vorschein käme; es geschah nicht, und er ging langsam davon.

Das war Gwennys erste Begegnung mit Dan, die erste von vielen. Die große Frau, Rachel, zog mit den Ihrigen dem Norden zu, genau wie Gwenny selber, das zeigte sich nur zu bald. Um diese Zeit wurden in Wales große Vieh- und Jahrmärkte abgehalten, denen alles zustrebte, was sich ehrlichen oder unehrlichen Gewinn davon versprach. Die Landstraßen liefen meistens durch die Städte oder Ortschaften, da konnte es nicht ausbleiben, daß Gwenny wieder auf Dan stieß.

Die fahrenden Leute lagerten immer etwas außerhalb eines Ortes, an seinem Eingang oder Ausgang, und bei einem solchen Lager standen Gwenny und Dan einander gegenüber, sie bestürzt, beinahe erschrocken, und er grinsend über das ganze Gesicht. Jetzt bei Tage gefiel er Gwenny noch weniger als an jenem Abend. Da hatte sie gespürt, daß etwas Ungebändigtes, vielleicht sogar Gewalttätiges sich ihr nähern wollte, nun war sie sicher, daß sie sich nicht geirrt hatte. Und wie er aussah – bunt wie ein Fasan, braun und grün und kupferfarben, aber all sein buntes Zeug war fleckig, schäbig, zerschlissen, sein Haar ein Gewirr von staubigen Ringeln. Der ganze Dan mißfiel Gwenny von Grund auf, am meisten aber seine Augen. Sie waren von einem seltsamen Braun, fast war es schon ein Gelb, sie flackerten, und die dunklen Brauen stießen beinahe über der stark gebogenen Nase zusammen. Zum Fürchten ist der, dachte Gwenny, und sie versuchte, ohne ein Wort an ihm vorbeizuschlüpfen. Dan ließ sie nicht so leicht entkommen.

»Gwenny«, sagte er und griff nach ihrer Hand, »Gwenny! Komm mit Dan.« Er wies zum Lagerplatz hin und wiederholte: »Komm mit Dan.«

»Nein«, sagte Gwenny.

»Doch«, beharrte er.

»Geh mir aus dem Weg«, rief Gwenny, »ich habe nichts mit dir zu schaffen.«

»Doch«, widersprach er, »Gwenny und Dan.« Er starrte sie unentwegt mit seinen gelben Augen an, so daß es Gwenny ängstlich zumute wurde, hier auf der belebten Straße und am hellen Vormittag. Und sie war doch sonst nicht ängstlich. Sie mochte nicht um Hilfe rufen, sie mußte allein mit dem Menschen fertigwerden. Sie tat es auf ihre eigene schlichte und gerade Art. »Nein«, erklärte sie rundheraus, »nicht Gwenny und Dan. Nie! Und nun geh, Dan.«

Zu ihrem Erstaunen ging er wirklich, trat zur Seite und ließ sie vorbei. Gleich darauf wußte sie, warum – die große Frau in dem grellbunten Kopftuch kam durch die Menge, geradewegs auf sie zu. Sie streifte Gwenny mit einem achtlosen Blick, erkannte sie jedoch nicht; nun hatte sie Dan erreicht und redete heftig auf ihn ein, die Hand auf seinem Ärmel. Er schüttelte sie ab und schien mürrisch zu antworten. Gwenny blickte nicht länger hin, sie hatte es eilig, sehr eilig, wegzukommen, weit fort von diesem Ort und den beiden dort.

Nicht, daß ihre Hast viel nützte. Über kurz oder lang trafen sie wieder zusammen, es ließ sich nicht vermeiden, zogen sie und Rachels Bande doch die gleiche Straße. Und das war es nicht allein; Gwenny merkte

bald, daß Dan ihr aufspürte, daß er sie zu finden wußte, wo immer sie sich aufhielt, und dann stand er vor ihr, bunt, staubig und abgerissen, plagte sie, mit ihm zu gehen, bei ihm zu bleiben, und ihr beharrliches Nein machte nicht den geringsten Eindruck auf ihn.
Ich will doch nur eins, dachte Gwenny – Corwryon finden und den flammenden Baum sehen. Es ist beinah, als sollte ich es nicht. Alle die guten Leute wollen mich zurückhalten, und nun dieser Dan, der nicht gut ist, der auch.
Ich gehe meinen Weg; was hat er mich daran zu hindern? Er will mich nicht nur zurückhalten, er will mehr. Ich soll seinen Weg gehen, das will er. Nie, niemals werde ich es tun.
Dan befand sich, soviel sie wußte, weit hinter ihr, irgendwo, aber sie sah ihn vor sich wie am ersten Abend, dunkel und wild. Sie hörte seine Stimme, ein halbes Grunzen: »Bleib bei Dan. Gwenny und Dan.« Wieder sah sie die kleinen Flammen unter den Kesseln flackern, sah in ihrem ungewissen Licht ein scharfgeschnittenes Gesicht unter dem grellen Kopftuch: Rachel. Sie wußte, Rachel war die Anführerin seiner Sippe, Dan hatte ihr zu gehorchen. Und Rachel wollte es gewiß ebensowenig wie sie, Gwenny, selber, daß Dan ihr nachlief.
Der Gedanke gab ihr Mut.
Es zeigte sich ein Ausweg, und sie beschloß, ihn zu gehen – weg von der großen Straße, die nach Bangor, aber auch nach Anglesey führte. Rachel und ihre Leute waren nach Anglesey unterwegs, und sie mußten auf dieser Straße bleiben, sie aber konnte andere Wege nehmen, solche, die zu steil oder zu schmal für Karren waren. Wege, die durch das Moor liefen, sich an hohen

Hängen um Felsen wanden, gerade breit genug für den Wanderer, nicht für rollende Räder.
Sie würde vor Dan sicher sein, aber dafür zahlen müssen. Denn solche Wege führten in die Einöde, sie konnten gefährlich sein. Und das schlimmste an ihnen – sie waren Umwege.
Der alte Mann hatte sie gewarnt. Sie war auf seinem kleinen Wagen mit ihm gefahren, heute morgen ganz früh, eine gute, lange Strecke.
Schließlich hatte sie Vertrauen zu ihm gefaßt, ihm von Dan erzählt, und wie er sie verfolge, und daß sie nach Corwryon müsse. Ja, müsse: Es gab nichts anderes für sie. Er verstand sie sehr gut und riet ihr, auf anderen Wegen das Ziel zu erreichen, nur meinte er, es sei gar zu leicht, sich auf den Bergen zu verirren. Er selbst kannte die Pfade so gut wie die Linien in seiner Hand, war er doch in jüngeren Jahren ein Viehtreiber gewesen und hatte das Schwarzvieh, wie er die Waliser Zwergochsen nannte, von den höchsten Weiden heruntergeholt. Er nannte ihr entlegene Gehöfte und Schäfereien, wo sie anklopfen könnte; sie durfte auf Gastfreundschaft rechnen, wenn sie seinen Namen nannte: »Ja, sag nur, der alte Jeffery hätte dich geschickt!«
Unterwegs würde sie nie Hunger leiden, dafür würden alle sorgen, die Schäfer, zu denen sie kam, der Wirt zum Schwarzen Ochsen und wo sonst sie Unterkunft erbitten mochte.
Gwenny hätte ihm gern noch lange zugehört, so anschaulich wußte er zu erzählen, aber da hielt er den kleinen Wagen an, gerade da, wo ein Weg abzweigte.
»Hier«, sagte der Alte, »dieser Weg ist es. Nun versprich mir aber, daß du nicht vergißt, was ich dir gesagt

habe«, und er wünschte ihr Gutes, sogar ein Bündelchen drängte er ihr auf.

»Brot und Speck«, zwinkerte er mit den Augen, »nichts Besonderes, aber nahrhaft!« Er würde schon Ersatz dafür finden, da wohin er führe; sie brauche es nötiger als er.

Das beste aber war, daß er niemandem verraten würde, wo Gwenny hingegangen sei: »Ah«, wisperte er, »das ist unser Geheimnis, deins und meins«, und er sagte es wie einer, der viel für Geheimnisse übrig hatte. Ein so guter, fröhlicher alter Mann, da rollte er fort mit seinem kleinen Wagen, und Gwenny stand allein auf dem neuen Weg. Sie fühlte sich einsam. Hier hatte sie doch einmal einen Menschen gefunden, der ihr nicht abriet, bevor er ihr weiterhalf; der es als ganz natürlich ansah, daß sie nicht immer am gleichen Ort bleiben wollte, auch wenn sie keine Fahrende war.

Aber wenn sie ungesehen von der Landstraße wegkommen wollte, wurde es die höchste Zeit. Fern noch, doch schon erkennbar bemerkte sie Gestalten, rückwärts wie auch vorn; noch waren sie nicht nah genug, um zu sehen, daß jemand den Feldweg einschlug. Bald konnte kein Blick sie mehr erreichen, denn der Weg tauchte in eine Senke hinab, und als er wieder anstieg, lief er durch Buschwerk, hoch und dicht genug, sie zu verbergen. Gwenny durfte ganz ruhig sein, sie war entkommen. Niemand wußte, wohin sie ging, nur der gute alte Mann, und der verriet sie nicht.

Und nun war sie auf der Höhe. Wie leicht und frei es sich ging: ein schmaler, grasiger Pfad, an der Außenkante mit flachen Steinen gefestigt, denn hier ging es steil hinunter. Eine gute Strecke lang folgte er der Kontur des Hügels, dann stieg er scharf an, war fast ein

Hohlweg, und als er sich öffnete, konnte Gwenny ein großes Gebiet kahler Berge und weiter Täler überschauen. Es war rauhes Gelände, Büschel groben Grases zwischen wildverstreuten, kantigen Steinen. Tief unter ihr schimmerte matt ein kleiner See; nirgends ein Baum, kaum so etwas wie ein Strauch. Aber fern vor einer dunklen Höhe ein feiner Strich, das erste der Merkzeichen, das der alte Jeffery ihr genannt hatte. Gwenny hielt auf ihn zu, und als sie ihn erreichte, sah sie, daß es ein einziger hoher, schlanker Stein war, in Urzeiten von Menschenhänden hier aufgerichtet, aber was er bedeutete, das wußte niemand mehr. Auch das hatte der gute alte Mann ihr erzählt und hinzugefügt, es sei viel wert, auch heute noch, daß er da stehe. Wenn man auf diesen Bergen umherlaufen mußte, brauchte man etwas, wonach man sich richten konnte.
Beim nächsten Rinnsal hielt Gwenny an, ließ den kleinen Wasserfaden über ihre Hände rieseln und stillte ihren Durst. Dann wählte sie einen Fleck, wo sie bequem sitzen konnte, knüpfte ihr Bündel auf und holte des alten Jefferys Brot und Speck hervor. Bedächtig, wie sie alles tat, begann sie zu essen.
Der erste Morgen dieser Wanderung fiel ihr ein. Da hatte sie auch hoch oben an einem Berg gesessen, hatte weit übers Land geschaut und hinauf zu mächtigen, schwarzblauen Wolken. Sie erinnerte sich genau, auch an den armen Regenbogen, dem es einfach nicht gelingen wollte, sich zum Rund zu bauen. Sie hatte kalten Plumpudding gegessen und an neue Schuhe gedacht, gute feste Schuhe für ihren langen Weg. Gwenny streckte ihren Fuß vor. Ja, gut und fest waren sie noch, aber längst nicht mehr neu; nie hatte sie sich Blasen darin gelaufen, dank Meister Hywels Kunst. Sie

zählte sich alle Menschen vor, die ihr Gutes erwiesen hatten, und sie wurde sehr froh dabei.
Noch einmal wusch sie Hände und Gesicht, das Wasser war wie Seide. Und da sie schon einmal beim Danken war, dankte sie auch dem Wasser, bevor sie weiter ging, vorbei an der Steinernen Nadel. Das nächste Wegzeichen war eine Gruppe von drei Kiefern neben einem langen, niedrigen Haus.
Auch dieses fand sie leicht, und das Haus nahm sie gastfreundlich auf, sobald sie Jefferys Namen nannte. Es tat nicht not, daß sie mit einer Dienstleistung zahlte, und am nächsten Morgen ließ die Hausfrau sie nicht ohne ein Päckchen Wegzehrung gehen.
Im nächsten Haus, und das war einen langen Tagesmarsch entfernt, ging es ihr ebenso, und obendrein erhielt sie Ratschläge, soviel sie nur behalten konnte. Denn hier begann ihr Weg schwierig zu werden; dem Unwissenden konnte es leicht übel ergehen. »Nie«, schärfte Pedair ihr ein, »nie einen Fleck betreten, der leuchtendgrün und wie Samt vor dir liegt! Das ist trügerischer, vielleicht bodenloser Sumpf. Überhaupt, halte dich fern von Wollgras und Binsen; geh lieber nicht durch Moorland. Geh außen herum, am Rande ist es fest genug.«
Gwenny versprach es, versprach vor allem, tiefen Respekt vor diesen Bergen zu haben. Pedair rammte es ihr förmlich ein: »Wir Schäfer kennen jedes Stück Boden von klein an, aber wie kannst du das alles wissen? Nebel zum Beispiel, im Handumdrehen ist er da, du siehst kaum deine Füße, viel weniger den Stein vor ihnen. Kommt Nebel, dann gibt es nur eine Rettung – bleiben, wo du bist, und warten, bis er sich verzieht.«
»Und wenn er es nicht tut?« wandte Gwenny ein.

Sie hatte oft gehört, daß ein rechter, dichter Nebel tagelang Täler und Berge umhüllen konnte.

»Das kommt vor«, erwiderte Pedair sehr ernst. »Dann heißt es Geduld haben. Nur nicht hierhin und dorthin tappen, das führt erst recht in die Irre – oder über eine Felskante, und wo landest du dann?«

Pedairs Frau kam mit einem Krug frischer Buttermilch und meinte, sie brauchten eine Erfrischung. »Vergiß nicht, ihr zu sagen, wie sie sich den Tieren gegenüber verhalten soll, hier am Berg.«

»Das auch«, nickte Pedair, »aber was wird ihr begegnen? Ein Stier vielleicht; wenn er bei seinen Kühen ist, wird er sich nicht um dich kümmern. Gefährlicher sind Mutterkühe oder halbwilde Stuten mit Fohlen. Die greifen an, Gwenny. Am besten machst du einen großen Bogen um sie.«

»Hunde«, erinnerte Pedairs Frau.

»Ah, Hunde, du hast recht. Wenn du an einem Hoftor vorbeikommst, und drei, vier stürzen auf dich zu, was tust du dann, Gwenny?«

»Ich weiß es nicht, bis jetzt habe ich nur mit freundlichen Hunden zu tun gehabt. Was soll ich denn tun?«

»Stehenbleiben«, sagte Pedair sehr bestimmt. »So schlimm sind sie gar nicht. Sie meinen nur, sie müßten sich so anstellen. Du tust, als hättest du entschieden recht, auf diesem Pfad zu gehen, du zeigst ihnen deinen Stock und sagst laut und fest ›Halt!‹ Die meisten werden sich bald zufriedengeben.«

»Hoffentlich«, sagte Gwenny etwas zweifelnd. Sie trank einen Schluck Buttermilch. Es gab noch ein anderes Bedenken. »Gut, ich rufe ›Halt‹«, versprach sie. »Aber einen Stock kann ich den Hunden nicht zeigen, denn ich habe keinen.«

Pedair lachte. »Morgen früh schneide ich dir einen Stock, einen derben, festen Haselstecken«, versprach er seinerseits. Und seine Frau sagte gemütlich: »Ach, so arg beißen unsere Hunde nicht, Gwenny. Meist kneifen sie nur.«
Trotzdem meinte Gwenny, ein Haselstecken sei doch sehr beruhigend. Pedair und seine Hunde – große, schwarzweiße, sehr weise Tiere – gingen mit ihr bis in ein kleines Tal, in dem Haselbüsche am Ufer eines Baches standen, und sie erhielt ihren Stecken. Noch etwas weiter, und wo der Pfad sich teilte, nahm Pedair Abschied von ihr. Der fröhliche Pedair, er war besorgt; seine Frau sei es auch, bemerkte er. Als Gwenny ihm nochmals danken wollte, meinte er, der liebste Dank wäre ihnen beiden, wenn Gwenny ihnen Nachricht schicken wollte, sobald sie die Wildnis hinter sich hätte. »Sag denen im letzten Langhaus auf der andern Seite, wie es dir ergangen ist. Wir erfahren es schon, nach und nach«, und damit verließ er sie.
So gut behütet hatte Gwenny sich seit langem nicht gefühlt. Sie sah ihm lange nach, wie er mit seinen Hunden die Halde hinanstieg, um nach seinen Schafen zu sehen.

6.

An diesem Morgen war es schwer, an Hindernisse und Gefahren zu denken, er war viel zu hell und freundlich dazu. Nirgendwo ein Haus, niemand begegnete ihr. Nur einiges Vieh sah sie, schwarze Tupfen weit weg an den Hängen; hin und wieder Schafe, die vor ihr davonsprangen, um sie von etwas höher oben mit ihren seltsamen Augen anzustarren.

Ein Flecken Farnkraut, und Heidehühner schwirrten auf; ein Gehölz, und sie hörte den Kuckuck rufen. Friedlicher konnte es nirgendwo sein.

Wieder kam sie an ein Wegzeichen. Diesmal war es ein keilförmiger Felsen, der schräg aus dem Boden stach. Ein paar Stunden später erreichte sie das nächste, eine Ruine, die einmal eine Schäferei gewesen war. Das Ziel dieses Tages war Gallt-y-gogoff, ein kleines Haus, nicht viel mehr als eine Almhütte. Es hieß, daß man bis hier den Kuckuck hören konnte, weiter oben nicht mehr: daher hatte der Ort seinen Namen. Zwei Brüder wohnten hier den Sommer lang, betreut von ihrer Schwester, alle drei längst nicht mehr jung. Die Frau trat aus der Tür, als Gwenny anlangte. Sie war verwundert, eine Fremde vor ihrem Haus zu sehen, und noch dazu ein so junges Ding.

Aber sie bot ihr einen herzlichen Willkommen und versprach ihr ein warmes Abendbrot, sobald die Männer nach Hause kommen würden. Inzwischen – eine Tasse Tee? Der Kessel kochte eben. Während sie drinnen den Tee aufbrühte, saß Gwenny auf der Schwelle und streichelte den Hund, der da zuerst allein gesessen hatte. Er war alt und wurde auf weite Gänge nicht mehr mitgenommen; seine Augen waren bläulichblaß, beinahe weiß. »Ist es, weil er alt ist?« erkundigte sich Gwenny.

»Nein«, entgegnete die Frau vom Herde her, »sie waren immer so. Man sagt hier bei uns, Hunde mit solchen Augen können den Wind sehen.« Sie lächelte heimlich, als sie es sagte.

»Den Wind sehen«, wiederholte Gwenny staunend. Sie

lehnte ihr Gesicht an den schönen Kopf des Tieres und flüsterte: »Wie sieht er aus, der Wind? Sagst du es mir?«
Der Hund drängte sich dichter an sie und berührte ihre Hand mit seiner Zunge.
Die beiden Schäfer kamen heim, ihnen voran ihre jungen, flinken Hunde. Die bellten heftig, als sie Gwenny sahen, aber ein Pfiff, ein Zuruf brachten sie bald zum Schweigen. Sie erhielten ihr Futter, und sobald sie gefressen hatten, durften sie ins Haus kommen. Jeder legte sich unter den Stuhl seines Herrn, aber der alte Hund blieb bei Gwenny.
Das Essen kam auf den Tisch, eine dicke Brühe mit Graupen und Zwiebeln, sehr nahrhaft. Auch ein paar Satten mit dicker Milch gab es, mit Muskatnuß bestreut; Gwenny und die Hausfrau aßen davon. Die Männer verlangten Tee. Es war alles so einfach, aber ausreichend und selbst einen starken Hunger befriedigend; Gwenny fühlte sich wie zu Hause an diesem Tisch.
Man ging früh schlafen.
Gwenny bekam ihr Nachtlager in einer winziger Kammer; ihre Wirtin wünschte ihr eine ruhige Nacht und ließ ihr ein Lämpchen zurück.
Während sie sich auszog, dachte sie, wieviel Merkwürdiges ihr doch begegnete. Ein Stein wie eine Nadel, ein Hund, der den Wind sehen konnte – was würde sie sonst noch alles erleben? Ihr war wie in einem Märchen, ihr war sehr wohl in Gallt-y-gogoff.

So wanderte Gwenny über die Berge, von einer gastlichen Tür zur nächsten, und jede wurde ihr aufgetan. Sie brauchte nur Pedairs oder Jefferys Namen zu nennen, und sie war willkommen. Aber sie war überzeugt,

daß es dieser Schlüssel nicht bedürfe, die Türen hätten sich auch von selbst geöffnet.
Nur an einem Haus ging sie vorbei. Ihre letzten Gastgeber hatten sie gewarnt: Zwei Brüder wohnten darin, und jeder wollte Meister sein. Wenn sie getrunken hatten, suchten sie ihren Streit mit den Fäusten auszutragen, da aber beide gleich stark waren, kamen sie auf diese Weise nicht weiter. »Bis eines Tages Dai die Axt dazunimmt, oder Meurig denkt zuerst daran – eher wird kein Friede sein«, meinte die Schäfersfrau. »Es sind keine guten Nachbarn«, setzte sie betrübt hinzu.
Gwenny nahm sich ihre Worte zu Herzen und ging in ziemlicher Entfernung an dem Haus vorüber. Wohl war es Abend und hohe Zeit einzukehren, aber schon von fern hörte sie Männerstimmen, die gegeneinander anbrüllten. Nein, lieber die Nacht auf offener Halde verbringen als unter solchem Dach, sagte sie sich, und sie ging weiter, solange es noch Licht genug gab. Als der letzte Schein am Himmel erloschen war, setzte sie sich dicht am Wege nieder und lehnte den Rücken an einen der großen Steine, die ihn in weiten Abständen begleiteten. Sie würde aushalten müssen, so wenig bequem es war; vor Tau und Nachtkühle schützte sie ihr Umhang.
Nichts regte sich. Die Nacht war sehr dunkel. Gwenny wartete mit Sehnsucht auf den Mond, doch besann sie sich darauf, daß es Neumond sei, er würde ihr nicht leuchten. Es war auch kein Stern zu sehen, der Himmel war von einer dichten Wolkenschicht verhüllt. Sie vermißte die Sterne sehr.
Ein kleiner Wind kam heran, er schien etwas in den Grasbüscheln zu suchen, sie raschelten leise. Was immer es war, er fand es nicht und zog seufzend

davon. »Wenn ich der Hund mit den silbernen Augen wäre«, spann Gwenny einen Märchenfaden, »dann würde ich ihn sehen können und fragen, was er verloren hätte«, und sie seufzte auch. Sie selber kam sich verloren vor, und nachdem sie eine Weile darüber nachgedacht hatte, schlief sie trotz allem Unbehagen ein. Nur auf wenige Minuten, aber sie träumte – wirres Zeug: Die beiden Männer, die einander mit Fäusten schlugen, und beide waren Dan! Ihr graute, aber sie konnte kein Glied rühren, sie mußte es mitansehen. So schrecklich war der Traum, daß sie erwachte. Ihr war kalt, sie zitterte heftig, und daran war eher der Traum schuld als die kühle Nacht.

Sie stand auf, etwas Bewegung würde ihr guttun, aber auf mehr als ein paar Schritte hin und her kam es nicht heraus. Es genügte nicht, und ein rüstiges Ausschreiten, das sie erwärmt hätte, war ihr im Dunkeln nicht möglich.

Ergeben setzte sie sich wieder an ihren Stein. Das ungute Gefühl wollte nicht weichen. Wenn der kleine Wind doch wieder vorbeikäme, es wäre doch wenigstens etwas Gesellschaft, dachte Gwenny. Aber er kam nicht, nicht einmal der Wind kam, alles blieb still.

Sie harrte aus, bis sich ein fahler Schein ins Dunkel stahl; noch war der Pfad nicht recht zu sehen, da ging sie schon. Die Sonne ging auf, selten so freudig begrüßt. Gwenny erklomm eine felsige Höhe, legte sich auf ein Bett von Thymian und niederem Heidekraut, die Sonne wärmte sie, und sie schlief ein.

Einige Stunden später war sie wieder bei freundlichen, fröhlichen Menschen, und dort steckte sie mehrere Tage fest. Das schöne Morgenrot hatte böses Wetter angekündigt –»Des Schäfers Warnung«, wie die Hausfrau sagte, und Gwenny sollte am nächsten Morgen lieber nicht gleich weitergehen; sie sähe auch aus, als könnte sie ein paar Tage Ruhe gut gebrauchen.

Wirklich konnte vom Weitergehen nicht die Rede sein, denn die Wolken zogen sich um das Schäferhaus, daß es wie in dichten Nebeln hockte. Gwenny konnte ausruhen, soviel sie wollte, sie durfte von Glück sagen, daß sie es so gut getroffen hatte.

»Denke nur, wenn dieses Gebräu dich unterwegs erwischt hätte«, rief Mari Ann, die Tochter hier, »es ist ein wahrer Hexenkessel rund um das Haus!«

Gwenny gab ihr recht, geduldete sich, half Wolle kämmen und hörte die Geschichten an, mit denen die Leute sich die Zeit vertrieben. Es tröstete sie, daß nur noch der letzte Gipfel dieser Bergkette vor ihr lag, und den brauchte sie nicht zu ersteigen. Von hier aus lief ein leidlicher Weg den Berg entlang und zum Tal hinab, erklärte Mari Ann.

Das Mädchen war neugierig und suchte herauszubekommen, warum Gwenny über die Berge gestiegen sei, statt unten auf der Landstraße zu bleiben, auf der es sich doch viel leichter ging. Gwenny schaute unglücklich drein und wollte es nicht sagen, darum ließ Mari Ann sie einstweilen in Ruhe. Aber später, in ihrer Kammer, fing sie wieder davon an, und Gwenny gestand, daß sie guten Grund hätte, die Einöde den befahrenen Straßen vorzuziehen.

»Das wußte ich doch«, sagte Mari Ann befriedigt. »Nun sag mir, was der Grund ist.«

Es ging kein Weg daran vorbei, Gwenny mußte von Dan erzählen, und wie er sie verfolgt hatte, und daß sie hoffte, er würde sie nun nicht mehr wiederfinden. Mari Ann hoffte es auch, Dan und seine Leute seien sicher schon in Anglesey; was hätte sie in dieser Gegend festgehalten? Die großen Märkte waren vorbei, bis zum Herbst war für sie hier nichts mehr zu gewinnen. »Du kannst ganz ruhig sein«, behauptete sie und blies die Lampe aus.

Ganz so sorglos konnte Gwenny nicht sein. Sie kannte Dan, Mari Ann kannte ihn nicht, aber dann sagte sie sich, Mari Ann sei älter als sie selbst, vielleicht wüßte sie es doch besser. Dennoch wünschte sie, daß sie ihre Sorge für sich behalten hätte, denn es war ihr, als hätte es Dan näher gebracht, nur von ihm zu reden. Noch näher als jener Traum es getan hatte.

Einstweilen war sie geborgen, hier oben in all diesen nassen Wolken, und einmal vom Berg herunter, würde sie den kürzesten Weg nach Bangor nehmen. Nichts sollte sie davon abbringen.

Zwei Tage später stieg Gwenny auf der anderen Seite des Berges zu Tal. Alles um sie her war naß, jeder Zweig hing voller Tropfen, denn in der Nacht war viel Regen gefallen. Um diese frühe Stunde war der ganze Hang grausilbern verhängt, aber sobald die Sonne durchdrang, begann er zu glitzern, zu funkeln; jeder klare Tropfen schleuderte winzige Blitze, bläulich, rötlich, violett.

Lange währte das Spiel des Lichtes nicht, und das war gut, denn Gwenny hätte ihm stundenlang zusehen mögen, aber sie durfte sich nicht aufhalten. Mari Anns Vater hatte ihr erklärt, daß sie sehr weit von ihrem Weg abgekommen sei, nun heiße es, die große Landstraße wieder zu erreichen, die nordwestlich nach Bangor lief. Zwischen ihr und dieser Straße, sagte er, lag noch ein beträchtliches Stück wilder, aber wunderschöner

Landschaft; von weither kamen Reisende, sie zu sehen. Es klang verlockend, aber Gwenny war keine solche Reisende. »Gibt es Schäfereien dort, gibt es Gehöfte?« fragte sie zaghaft.
»Nein, oder nur selten«, erwiderte der Schäfer. »Dort ist fast alles Wald, Schluchten, steile Hügel, aber bevor du dahin kommst, mußt du durch eine kleine Stadt und kannst dir etwas für den Weg besorgen.«
Dieser Stadt näherte sie sich jetzt, und sie hatte unerwartetes Glück. Ein großes Gasthaus stand, etwas für sich, nicht weit von den ersten Häusern; auf dem Platz davor hielten mehrere Reisewagen. Alles zeigte große Geschäftigkeit, Gwenny kannte die Anzeichen. Hier gab es Arbeit für sie, und sie klopfte an die hintere Tür. Ein Küchenmädchen machte auf und lachte hell, als Gwenny fragte, ob sie hier noch ein Paar willige Hände gebrauchen könnten. Eben hatte die Spülmagd sich vier Hände gewünscht statt dieser zwei, für die es viel zuviel zu tun gab – im nächsten Augenblick klopfte es an die Tür und sieh da! Das zweite Paar Hände! Gwenny könnte sofort anfangen, und bleiben? Gewiß könnte sie bleiben, drei Tage, vier Tage, wenn sie wollte. Auf so lange hatte die vornehme Reisegesellschaft Quartier genommen. Wenn die Wirtin mit ihr zufrieden sei, könne sie den ganzen Sommer bleiben. »Komm nur herein«, rief das lustige Mädchen. Gleich darauf war die Spülmagd auf eine kleine Weile erlöst, und Gwenny stand am Zuber.
Sie lächelte heimlich, während sie schweres Besteck abwusch, mit Vorsicht gute Gläser blank spülte und der Wirtin bewies, daß sie sich auf die Arbeit verstand. Es war ein solcher Gegensatz, hier die große Gasthausküche und die weiten, leeren Hügel, über die sie letzt-

hin gewandert war. Aber es gefiel ihr doch, einmal wieder das Gewohnte um sich zu haben.

Die Wirtin bestand darauf, sie für ihren Dienst zu belohnen, als sie das Haus verließ. Gwenny nahm an, was ihr geboten wurde; sie hatte gelernt, daß sie für magere Zeiten vorsorgen müsse. Während sie durch die wilde, wunderschöne Gegend wanderte, von der Mari Anns Vater gesprochen hatte, würde sie nicht Mangel leiden. Und da sie nun einmal hier war, wollte sie das sehen, was so viele Fremde hierherzog, den Wasserfall, den schönsten, so hieß es, in ganz Wales.

Schon von weitem hörte sie sein Rauschen, seine mächtige Stimme, sie füllte die ganze Schlucht. Der Weg führte nach unten, sie stand auf der Brücke, die sich über Felsgewirr und strudelnde Wellen spannte, und blickte staunend zu der Wassergarbe auf, die von der großen Höhe abstürzte, weiß wie Schnee, unaufhaltsam. Gwenny war wie betäubt von ihrem Tosen, von ihrer Stärke. Lange stand sie so, staunend und entrückt.

Aber von der Brücke aus konnte sie nicht das Becken sehen, in das ihr Wasserfall sprang, und das mußte sie. Rechts am steilen Ufer sah sie eine schmale Spur, die sich durch Buschwerk nach oben wand, der folgte sie und konnte bald von einem günstigen Fleck den Kessel tief unten betrachten. Wie es darin kochte! Das weiße Wasser stürzte hinein und prallte zurück, spritzte hoch auf – alles war Bewegung, Strudel und Tanz.

Von der Brücke aus hatte der Wasserfall ausgesehen wie ein weißer Streifen, so als hinge er da, reglos. Aber von hier aus sah Gwenny das lebendige Wasser, es machte sie atemlos, ihm zuzusehen. Sie schaute und schaute, bald in den brodelnden Kessel hinunter, bald an der schimmernden Garbe hoch, und nun drängte es sie, es auch dort oben zu sehen, dieses Wasser, bevor es sprang. Sicher war es möglich, da hinauf zu klettern, aus der Schlucht hinaus und dann an ihrem Rande weiter?

Gwenny versuchte es. Das Steigen war anstrengend, denn es ging steil bergauf, aber sie schaffte es. Sie war oben, stand auf dem Rand der Schlucht, völlig außer Atem, oberhalb des Falles.

Hinter ihr war ein Geräusch wie von Tritten. Sie drehte sich um und sah Dan, der eben aus dem Gebüsch hervorkam. Er war ihr ganz nahe.

Hilflos blickte sie sich um. Es war kein Entkommen, sie wußte es. Dan wußte es auch, er lachte. Es war kein gutes Lachen.

Seit Wochen hatte er nach Gwenny gesucht, und hier war sie, so gut wie in seiner Gewalt. Ihretwegen hatte er sich mit Rachel überworfen, sich von ihr und der Sippe getrennt; er war weit umhergeschweift, immer spähend, immer fragend, wie ein Spürhund auf der Fährte. Zuletzt hatte er sie ganz verloren, aber Dan gab nicht auf; auch wo er sie am wenigsten vermuten konnte, suchte er nach ihr. Und hier war sie nun. Seit dem Morgen war er ihr nachgeschlichen, vom Gasthaus bis zur Brücke, dann höher hinauf, was hatte sie vor, was wollte sie dort oben? Und noch höher, aber jetzt hatte er sie. Jetzt sollte sie ihm nicht mehr weglaufen. Sie gehörte ihm, sie würde in seinem Zelt leben, für ihn da sein, für ihn arbeiten, betteln, stehlen – er stand dicht vor ihr, er schrie es ihr ins Gesicht. Er wußte nicht, daß er es in seiner eigenen Sprache tat, die sie nicht verstand.

Warum antwortete sie nicht, warum sagte sie kein Wort? Sie sah ihn nur an, oh, wie er sie haßte, diese stillen Augen! Dan verstummte, suchte zur Besinnung zu kommen, begann von neuem. Er wiederholte, was er gesagt hatte, diesmal in Worten, die sie verstand. Und doch schwieg sie, schwieg immer noch, es brachte ihn um den letzten Rest von Verstand.
»Hörst du mich nicht!« schrie er. »Betteln, stehlen, für mich! Und wenn ich getrunken habe, werd' ich dich schlagen, schlagen –«
Außer sich vor Wut sprang er vorwärts, packte ihre Schultern, schüttelte sie und stieß sie von sich, und der Rand der Schlucht so nah! Gwenny taumelte zurück und war verschwunden, er hörte das Rauschen und Krachen von Zweigen, den dumpfen Aufschlag, einmal und noch einmal.
Dann war Stille.
Dan horchte. Kein Laut mehr. Was hatte er getan? Er brüllte auf wie ein Tier und rannte davon, blind vor Angst; er fiel, raffte sich wieder auf und entfloh.

7.

Auf einer Art Stufe, in Moos und Farn geborgen, lag Gwenny, sie regte sich nicht. Dichtes Gestrüpp hatte ihren Sturz unterbrochen, nicht aber sie halten können, bis sie hierher gerollt war, wo der Farn sie auffing. Wie in einem schmalen Trog lag sie. Sehr tief war sie eigentlich nicht gefallen, und zu ihrem Glück ging es auf dieser Seite der Schlucht nicht ganz so schroff hinunter. Die Wand war zerklüftet und nicht ohne kleine Vorsprünge oder Stufen hier und da, die ihre steilen Felsmassen unterbrachen.

Gwenny lebte, doch war sie fast bewußtlos von dem jähen Schrecken, dem Sturz und dem letzten gräßlichen, hilflosen Fallen. Es dauerte einige Zeit, bis sie wieder zu sich kam, und auch dann wagte sie lange nicht, sich zu regen. Als sie es endlich versuchte, schmerzten ihre Schulter und ihr Knie sehr heftig, sie sank wieder zurück. Wenn es auch nicht zum Schlimmsten gekommen war, Schaden hatte sie doch gelitten. Ihr schwindelte, wenn sie daran dachte, wie tief es unter ihr hinabging, und sie lag still, ganz still.

Nach und nach fühlte sie sich etwas kräftiger, vorsichtig stützte sie sich auf und blickte um sich. Sie tastete nach links, nach rechts, den Boden prüfend, ob er fest genug sei, sie zu tragen. Hatte sie Gestein unter sich oder nur Erdreich, vom Wurzelgeflecht gehalten? Aufzustehen wagte sie nicht, sie kroch langsam, behutsam, immer nach den Farnwedeln greifend, von ihrem gefährlichen Lager fort, bis eine Baumwurzel ihr den ersten zuverlässigen Halt bot. Aber wie schmerzten Schulter und Knie, bis sie zu ihr hinkam! Und nun, wie weiter?

Die Stufe war schmal, aber lang, und Gwenny merkte jetzt, daß sie schräg nach oben verlief. Sie konnte auf ihr den Rand der Schlucht gewinnen, aber es würde ein mühsames Klettern werden, mit dem verletzten Knie.

Nein, an ein Klettern war nicht zu denken, ihr gelang nur, sich aufwärts zu schleppen, Zoll auf Zoll. Immer wieder hielt sie mit klopfendem Herzen an, wenn Steine oder Moospolster sich lösten, wenn ein dürrer Ast, den sie ergriff, in ihrer Hand blieb. Trotzdem gelang es ihr, etwas höher oben festeren Stand zu finden; auch lernte sie bald, was an Buckeln und Schrunden ihr nützte und was nicht. Einmal fand sie einen guten Fleck zum Ausruhen und saß dort eine Weile, schwer atmend und halb blind vom Schweiß. Sie war sehr durstig. All das Wasser, das von oben herabfiel, aber sie mußte durstig bleiben; es trieb sie weiter. Oben würde sie zu trinken haben, nur weiter! Der Rand war nicht mehr fern.

Bis dahin hatte sie an Dan nicht einmal gedacht, aber nun fiel er ihr ein. Wenn sie hier heraus war, sich über die Kante hob, und da war Dan? Wartete auf sie, griff nach ihr, schrie ihr wieder schreckliche Worte ins Gesicht – nein, sie durfte nicht daran denken. Oder aber, er hatte sie unten gesucht und nicht gefunden; vielleicht stieg er eben jetzt zu ihr hinauf? Daß er sie in die Schlucht gestoßen und sie ihrem Schicksal überlassen hätte, kam ihr nicht in den Sinn, und deshalb meinte sie, ihn schon zu hören, wie er näher und näher kam. Die Angst vor ihm gab ihr ungeahnte Kräfte, noch eine letzte Anstrengung, und sie war in Sicherheit. Und Dan war nicht zu sehen. Wohin jetzt? Nicht ins Tal hinab, es war möglich, daß er dort auf sie lauerte. Also über den Kamm; was sie auf der andern Seite finden würde, war ihr gleich. Es kostete Mühe genug, einen Fuß vor den anderen zu setzen, durchzuhalten. Mein armes Knie, dachte Gwenny, biß die Zähne aufeinander und hinkte los.

Sehr bald konnte sie von der Höhe in ein Tal hinunterschauen. Etwas wie ein Gebäude stand darin, oder doch wenigstens Mauerwerk, ein breiter Weg ging von dort aus durch das Tal.

Wenn ich es nur noch schaffe, dachte sie, und nach

einer Weile: Wenn es nur nicht so ein verlassenes Gehöft ist! Denn es regte sich nichts dort unten.
Bergab wandern ohne Weg und Steg und mit einem verletzten Knie – es war noch beschwerlicher als bergauf. Schließlich war sie aber doch im Tal, mit ihrer letzten Kraft schleppte sie sich zu dem Gemäuer hin. Es war so groß wie eine Kirche, es hatte einen Giebel, aber kein Dach, und an diesem Ende nicht einmal einen Giebel – was Gwenny erreicht hatte, war die Ruine eines großen, einstmals schönen und stolzen Klosters.
Eine feste Mauer umschloß sie, und in der Mitte dieser Mauer sah Gwenny unterm festgefügten Rundbogen eine Pforte. Daneben hing eine Glocke mit einem Seil. Gwenny zog daran, und die Glocke erklang hell und laut.
Drinnen näherten sich Schritte, Riegel wurden zurückgezogen, und das Tor öffnete sich langsam. Eine Frau stand unter dem Rundbogen, betrachtete Gwenny mit Erstaunen und fragte, was sie hier suche.
Gwenny lehnte an der Mauer, das verletzte Bein trug sie nicht mehr. Sie blickte flehend zu der Frau auf, in diesem Augenblick nicht fähig, ein Wort hervorzubringen.
»Was frag' ich auch«, rief die Frau, »du brauchst Hilfe – komm!« Und da sie bemerkte, daß das Mädchen hinkte, legte sie den Arm um Gwenny, stützend und tröstend zugleich.
Es ging schräg durch die Ruine, vorbei an den Überresten geringerer Baulichkeiten hin zu einem kleinen Haus. Die Tür stand offen, man trat über die Schwelle sofort in seinen größten Raum, und der war nicht allzu groß. Und doch wirkte er nicht eng, denn er enthielt

nicht viel an Hausgerät; was es gab, war schlicht, aber es war nicht von der Art, die zu einer Kate gehört.
Bei der Herdstelle stand ein großer Lehnstuhl, da hinein setzte die Bewohnerin dieses Hauses ihren Pflegling. Dann ging sie aus der inneren Tür und kehrte mit einem Glas kühlen Wassers, das sie mit einem roten Saft vermischt hatte, zurück. Während Gwenny trank, sagte sie ihr, daß ihr Name Angarad und der der Ruine Strata Monacella sei; sie war die Hüterin der Ruine und lebte hier ganz allein. Sie fragte nicht, was Gwenny hierhergeführt hatte, sondern rückte einen Schemel herbei und schob ihn unter das Bein, dann zog sie behutsam den Strumpf herunter und besah es sich. Das Knie war stark angeschwollen, heiß und dunkelrot. »Kind«, sagte sie, »und damit bist du von der Höhe gekommen?«
Ein schwaches Lächeln, ein leichtes Nicken: »Und noch ein ganz hübsches Stück zur Höhe hinauf«, bestätigte Gwenny.
»Das wirst du mir erzählen«, sagte Mistress Angarad, »aber es hat Zeit. Zuerst müssen wir etwas für dein Knie tun.« Sie brachte alles, was sie dazu brauchte, breitete ein reines Laken unter Gwennys Bein und fing an, die Schwellung zu kühlen. Dem Brunnenwasser hatte sie wohl einen aromatischen Essig beigefügt; Gwenny atmete den frischen, herben Duft ein und fühlte sich wie in einem Traum. Vor einigen Stunden noch in der Schlucht und in großer Gefahr, und jetzt gehegt und umsorgt, nichts mehr zu befürchten – und wie gut tat das feuchte Linnen ihrem Knie...
»Nun fang an«, befahl Mistress Angarad.
Gwenny gehorchte. Mehrmals wurde das Wasser in der Schale gewechselt, einmal unterbrach Mistress

Angarad sie: »Wann hast du zuletzt gegessen?« Als sie hörte, das sei früh um sechs Uhr gewesen, wurde eine Pause eingelegt, sie ging in ihre Küche und richtete einen kleinen Imbiß für Gwenny, frisches Brot und Milch. »Später essen wir ein richtiges Abendbrot«, versprach sie, »es ist noch nicht ganz fertig.«
Erst als Gwenny nicht mehr so blau um die Lippen aussah, durfte sie mit ihrem Bericht fortfahren. Endlich war alles erzählt. »So kam ich hierher«, schloß sie, »aber wo bin ich eigentlich?«
»Ich sagte es dir schon, in Strata Monacella, auf gut walisisch Ystrad Melangell geheißen. Vielleicht kennst du's unter diesem Namen?«
Gwenny sagte staunend, davon hätte sie nie gehört.
Mistress Angarad meinte, es sei ihr kein Wunder: »Es ist auch so ungefähr der letzte, verlorenste Winkel von Wales. Einstmals, vor langer, langer Zeit, stand hier ein berühmtes Kloster, der Weg hierher war niemals leer von Pilgern. Es hieß, daß die frommen Klosterfrauen besonders wirksame Fürbitte leisteten, und einen Wunderbrunnen gab es auch. – Den gibt es heute noch«, fügte sie hinzu, »du hast eben davon getrunken.«
»Wirkt er noch Wunder?«
»Manche glauben es. Alle, die kommen, trinken davon.«
»Kommen viele?«
»Nicht sehr viele. Denen, die es verlangen, habe ich aufzuschließen und ihnen die Geschichte des Klosters zu erzählen. Dafür durfte ich in dieses kleine Haus ziehen und es bewohnen.«
Mehr sagte Mistress Angarad nicht über sich selbst.
Gwenny sah ihr nachdenklich zu, wie sie sich im Raum

bewegte, ein und aus ging, schlank und gerade in ihrem dunklen Kleid. Es rauschte leise, als ob Seide darunter wäre. So ging keine Beschließerin, und so trug keine ihr Haar. Reiches, schwarzes Haar mit silbernen Fäden darin; sehr jung war Mistress Angarad nicht, auch nicht, was Gwenny schön nannte. Dafür war ihr Gesicht zu hager, mit großen dunklen Augen, die wahrhaftig geglüht hatten, als Gwenny von Dan und dem Überfall erzählte.

Darauf kam sie nun zurück, während sie einen kleinen Tisch neben den Lehnstuhl stellte und ihn mit einem weißen Tuch bedeckte. »Dieser Dan«, bemerkte sie, »ich denke, den hast du nicht mehr zu fürchten. Er ist feige; nach dem, was er verbrochen hat, wird er nur eins wollen – möglichst viel Entfernung zwischen den Tatort und sich selber legen. Er kann ja nicht wissen, daß du lebst, er glaubt, er hätte dich umgebracht.«

»Und nun hat er Angst.«

»Entsetzliche Angst.«

»Aber niemand hat es gesehen!«

»Trotzdem. Er weiß, was er getan hat. Er wird bei der alten Frau seiner Sippe unterkriechen und sich hüten, je wieder in diese Gegend zu kommen.«

Gwenny dachte darüber nach, während sie von den kleinen, leckeren Pasteten aß, die Mistress Angarad aufgetragen hatte. »Ja«, meinte sie, »hier würde ich wohl vor ihm sicher sein. Aber ich bleibe nicht hier, ich muß doch nach Corwryon.«

»Mußt du das, Gwenny? Vorerst bleibst du bei mir und wirst wieder heil, nicht wahr? Und nun geht's zu Bett. Ich helfe dir, es sind nur ein paar Schritte.«

In einem engen Raum hinter der Küche war ihr ein vorläufiges Lager gerichtet worden. »Sobald du die

Stiege hinaufsteigen kannst, ziehst du in ein hübsches Stübchen oben«, und Mistress Angarad zog den geblümten Vorhang zu. Verwundert horchte Gwenny auf. Das klang ja, als sollte sie längere Zeit in diesem Haus verbringen? Sie sagte nichts, sie wollte nicht undankbar erscheinen, vor allem nicht an diesem Unglückstag, der so glücklich für sie ausgegangen war.

8.

Erst nach mehreren Tagen erfuhr Mistress Angarad, was Gwenny nach Corwryon zog. Ungläubig hob sie den Blick von ihrer Näharbeit – sie säumte ein feines Batisttuch – und wiederholte:
»Einen brennenden Baum willst du sehen? Und deswegen nimmst du alles auf dich, den weiten Weg, Regen, Kälte und Nächte in der Wildnis, kein Dach über dir! Gefahren sogar; doch, Kind, du bist durch mehr Gefahren gewandert als dir bewußt ist – aber warum, Gwenny, warum?«
»Weil ich es muß«, sagte Gwenny.
»Du bist genauso von einer Idee besessen wie dieser Dan«, behauptete Mistress Angarad.
Gwenny blickte unglücklich auf ihre Hände. Sie wußte schon, daß diese Frau sie gern behalten wollte; sie schuldete ihr großen Dank, und sie wollte nicht undankbar erscheinen. Es war von neuen Kleidern die Rede gewesen, von Honig, den sie zusammen ernten würden, da Gwenny so gern Honig aß – von einer Bettspreite, die sie gemeinsam in Angriff nehmen könnten, denn Mistress Angarad hatte viele hübsche

Reste von indischem Kattun. Das war eine Arbeit, die besser von zweien getan wurde als von einer allein, und wenn die Decke fertig war, sollte sie Gwenny gehören.

Gwenny, die nichts besaß, nichts besitzen wollte als das, was sie auf dem Leibe trug. Die nicht einmal mehr ihr Bündel hatte, das Bündel mit dem rostigen Messer, dem hölzernen Teebüchschen und ihrem Kamm. Jetzt trank sie Tee, der in einer silbernen Dose aufbewahrt wurde, ein Schildpattkamm lag auf der Kommode in dem gemütlichen Stübchen, in das sie eingezogen war, und eine Bettspreite aus dem feinsten indischen Kattun sollte sie auch bekommen. Wie reimte sich das? Wie reimte sich Mistress Angarad mit der Beschließerin einer alten Klosterruine?

Nichts reimte sich, das Ganze war ihr ein Rätsel, ein Dunkel, das sich nicht durchschauen ließ. Und Mistress Angarad erhellte es ihr nicht.

Sie lebte hier ganz allein. Wohl kam eine junge Frau aus dem nächsten Ort herüber, denn Strata Monacella war nicht so von aller Welt abgeschnitten, wie es aussah. Sie brachte auf ihrem Maultier manches mit, was etwa benötigt wurde: Nähgarn und frische Tinte oder Briefpapier und feinere Seife, feineres Mehl. Manchmal hatte sie auch Briefe abzuliefern, dann zog sich Mistress Angarad in ihr Zimmer zurück und war nicht zugänglich.

Öfter kam der Junge von dem Gehöft auf dem nächsten Hügel, um zu fragen, was man brauche: sie führen zum Markt. Wenn es etwas zu bestellen gab, Erdöl für die Lampen vielleicht oder einen neuen Tiegel, dann besorgte die Bäuerin es, alles andere bekamen sie von diesem Nachbarn: Butter, frisches Fleisch, Brotmehl, sogar Korn für das Federvieh. Kräuter und allerlei Gemüse zog Mistress Angarad in ihrem kleinen Garten hinter dem Haus, und in einem zweiten Gartenwinkel standen ihre Bienenkörbe. Es war alles da, genug und reichlich für ein einfaches Leben, und da Mistress Angarad es sich so eingerichtet hatte, mußte es wohl das Rechte für sie sein. Aber in allem war doch die ungelöste Frage. Auch war Gwenny keine, die vorwitzig Fragen stellte.

Zweimal in der Zeit, die Gwenny hier verbrachte, zogen Reisende die Glocke an der Klosterpforte. Dann band Mistress Angarad eine große weiße Schürze um, setzte eine Haube auf und knüpfte die violetten Bänder unterm Kinn zur Schleife. Sie rasselte mit einem Schlüsselbund und erschien, würdevoll und streng; sie schickte Gwenny mit einem Krug zu dem Wunderbrunnen, wenn die Besucher es wünschten. Und war der Wagen mit den Reisenden wieder fortgefahren, dann hatte sie ein seltsames Lachen, und die Entlohnung, die man ihr gereicht hatte, gab sie dem alten Knecht, der in der Ruine und rundherum das Gras mähte. Gwenny wurde nicht klug aus ihr.

Aber sie verehrte die Frau, die ihr nur Güte erwiesen hatte, und es wurde ihr schwer, an den Abschied zu denken. Ihr Knie war viel besser, es schmerzte kaum mehr; der Sommer ging schnell dahin, es war schon August, und sie war Corwryon noch immer nicht näher. In den Arbeitskörben häuften sich die winzigen Achtecke, die sie mit ihren feinsten Stichen aneinanderfügten, denn es hatte in diesen Tagen viel geregnet, und die Bettdecke war begonnen worden. Sie würde sehr schön werden, denn Mistress Angarad war eine Meisterin in solchen Dingen, aber wie viele

Wochen noch, bis sie fertig war, und wem würde sie einmal gehören?

Wenn etwas Gwenny verwirrte, dann war es diese Decke mit ihren heiteren, hellen Farben, mit all ihren Blumen, Sternchen, Streifen und Punkten, und all das für sie. Es war so neu, nicht mehr Magd zu sein, sondern Gefährtin, sie konnte beinah sagen, verwöhnte Tochter dieses Hauses. Sie durfte die großen Bücher aus dem Schrank mit den Glastüren nehmen, nicht nur um sie abzustauben, sondern um die Bilder darin zu betrachten. Sie durfte wählen, dies Zeug oder das zum Kleid, ein Gericht zum Mittag lieber als ein anderes. Sogar die Harfe, die im Winkel lehnte, durfte sie hervorholen; Mistress Angarad freute sich darüber und zeigte ihr, wie sie sie halten müßte und wie die Saiten rühren. Es war eine echte, alte walisische Harfe, sie mußte mit Ehrfurcht in die Hände genommen werden. Einst hatte sie einem berühmten Barden angehört. »Es war mein Oheim«, sagte Mistress Angarad, und das war das einzige, was sie jemals preisgab, ob über ihre Angehörigen oder sich selbst.

Wie kann ich soviel Liebes und Schönes lassen, soviel Güte mit Weggehen vergelten, fragte sich Gwenny.

Mistress Angarad hatte scharfe Augen. Eines Tages hob sie den Blick von ihrem Buch und bemerkte: »Quäl dich nicht, Gwenny. Ich weiß es doch, daß es dir keine Ruhe mehr läßt. Versprich mir nur dies – daß du nicht heimlich fortgehst.«

Gwenny wurde dunkelrot. Gerade das hatte sie tun wollen. »Wie – woher –« stammelte sie und wußte nicht weiter.

»Oh, Gwenny. Wie ich erraten habe?« Mistress Angarad lächelte. »Seit Tagen sehe ich, wie du von allem

Abschied nimmst. Nicht wahr, alles ist dir lieb geworden, von Monacellas Kirche bis zu den Tauben im Hof, den Kräutern im Würzgarten, den Bienen in den Körben? Und doch kann es dich nicht halten, ebensowenig wie ich.«
Sie schwieg eine Weile. Dann fuhr sie fort: »Den Winter über lebe ich nicht hier, aber du hättest mit mir ziehen können, ich habe eine Winterwohnung weit von hier. Ich hatte gehofft, du würdest es tun. Blick nicht so unglücklich drein! Du bist frei, ich halte dich nicht fest. – Gwenny, Gwenny, du bist durchsichtig wie klares Wasser; habe ich es nicht recht gedeutet?«
Gwenny mußte zugeben, daß es so sei.
Danach wurde vereinbart, daß sie bleiben sollte, bis die Schwalben ihre große Reise nach dem Süden antreten würden. Es war nicht mehr lange bis dahin, sie versammelten sich längst auf dem Dachfirst und den hohen Mauerkanten der Ruine. »Das sieht nach einem frühen Winter aus«, erwähnte Mistress Angarad, »ich denke, ich ziehe auch früher als in andern Jahren. Hilf mir noch, alles sicher zu verwahren und das, was ich mitnehme, einzupacken. Es sollte nicht viel Zeit nehmen, alles ist in Ordnung.«
»Und das Haus bleibt leer?« fragte Gwenny beklommen. Mistress Angarad hob die Schultern.
»Es bleibt leer. Aber es ist nicht unbehütet, der Nachbar auf Maes-y-Garnedd hat die Schlüssel; jemand von dort wird ab und zu herüberkommen und nach dem Rechten sehen. Ich fand immer alles, wie es sein sollte. – Komm nun, Gwenny, leg alles Bettzeug in die Truhen, die Sommersachen können in den Schränken bleiben. Und Gwenny, nimm diesen Schlüssel und schließ die kleine Lade im Flur auf!«

Gwenny ging hin, ein wenig neugierig. Solange sie hier war, hatte die kleine Lade zwischen den beiden Kammertüren gestanden und war nie aufgemacht worden. Ein uraltes Vorhängeschloß war daran, aber der Schlüssel drehte sich leicht, es war gut geölt. Sie hob den Deckel und sah, was die Lade barg – ihren alten Umhang, schäbig und wie verwittert, aber sorgsam gebürstet und aufgefaltet.

Ihr Umhang, der damals in der Schlucht geblieben war! Sie hatte geglaubt, sie würde ihn nie wiedersehen. Mit unaussprechlicher Freude hob sie ihn heraus, und nun war sie sicher, nun war sie wieder ganz sicher, daß sie Corwryon finden würde.

Mistress Angarad stand neben ihr. »Ja, siehst du«, sagte sie freundlich, »ich wußte, daß du ihm nachtrauern würdest, darum habe ich den Jungen zur Schlucht geschickt, bald nachdem du hier angekommen warst. Gareth kann sehr gut klettern, und er hat ihn leicht gefunden, die Spuren waren noch frisch.«

»Spuren?« wiederholte Gwenny.

»Ja, ein großer Brocken hat sich aus der Kante gelöst, als du hinabgestoßen wurdest, Gareth konnte sehen, welchen Weg er genommen hatte. Dein Umhang hing da irgendwo auf einem Busch, und ihn heraufzuholen war nicht schwer.«

Gwenny dachte an ihren angst- und mühevollen Weg aus der Schlucht, ihr schauderte.

»Wie hat er nur Fuß fassen können? Wenn er gefallen wäre!«

»O nein, Gareth macht so etwas Spaß. Außerdem meinte er, so gut klettern wie ein Mädchen könnte er schon lange. Aber dein Bündel konnte er doch nicht erreichen, er sah wohl etwas, viel weiter unten, nur gab es einfach nichts, worauf er den Fuß stellen konnte.«

Gwenny lächelte, immer noch ziemlich blaß.

»Besser das Bündel verloren als Gareth«, gab sie zurück, »mir graut, wenn ich daran denke. Es ging allzu schroff hinunter an der Stelle.«

»Ich gebe dir ein neues Bündel, Gwenny.«

»Nur einen Kamm«, bat das Mädchen. »Nicht den kostbaren braunen, Mistress Angarad, den alten gelben aus Horn.«

»Du sollst ihn haben, und ein Stück Seife – und ein Tuch, beides hineinzuwickeln. Also doch ein Bündel, Gwenny.« Sie drehte sich um, der Stiege zu. »Nimm den Umhang mit in deine Kammer. Ich würde dir so gern einen neuen geben; der da ist gar zu abgetragen. Aber gerade der muß es sein, hab' ich nicht recht?«

Gwenny antwortete ernsthaft: »Ja, dieser muß es sein, kein andrer.«

»Ich glaube, ich weiß, wie du's meinst«, sagte die Frau gütig, »aber ... wie meinst du es eigentlich, Gwenny?«

Gwenny konnte es nicht anders erklären, als daß ein feiner neuer Umhang und sie nicht zueinander paßten. Dabei beließen sie es und gingen an die Arbeit zurück.

An Gwennys letztem Abend in Strata Monacella – die Schwalben waren schon einige Tage früher fortgeflogen – saß Mistress Angarad noch spät bei ihrer Lampe und schrieb einen Brief. Es schien ihr schwer zu werden, sie ließ oft die Feder sinken, stützte die Stirn in die Hand und sann vor sich hin. Endlich sagte sie leise: »Das Kind geht von mir fort, und ich selber bereite ihm den Weg! Vielleicht geht es in sein Unglück, und ich bereite ihm den Weg –«

Sie verfiel wieder in ihr Sinnen. »Es ist Schicksal«, murmelte sie. »Wenn einer ihr den Weg weisen kann, ist er es. Mag draus werden, was will!«

Damit schrieb sie den Brief zu Ende, faltete und versiegelte ihn: »Noch etwas in Gwennys Bündel«, sagte sie, nahm die Lampe und ging nach oben.

Ein trüber, schon ganz herbstlicher Morgen hing grau wie Spinnweb um die Ruine und das Haus, als Gwenny von Mistress Angarad Abschied nahm. Alles war gesagt, das »Achte auf dich, Gwenny«, das »Komm wieder, wenn du kannst«, nur nicht das »Gwenny, geh nicht fort.«

Noch einmal schärfte sie dem Mädchen ein: »Im Ort gehst du zum Krämer und läßt dir von ihm den direkten Weg nach Bangor zeigen. Es sollte nicht viel mehr als eine Tagesreise sein, und es ist eine belebte Straße. Vielleicht nimmt dich ein Wagen mit. Sobald du in Bangor ankommst, gehst du zu dem Haus, das ich dir beschrieben habe, und gibst den Brief ab; sag, du sollst auf Antwort warten.«

Gwenny versprach, alles gehorsam auszuführen. Sie stand schon mit dem einen Fuß auf dem Stein vor der Tür, in ihrem rot und schwarz gestreiften Rock, in der dunklen Jacke und dem Fransentuch. Sie trug die alten Schuhe, die Meister Hywel angefertigt hatte, den Umhang überm Arm, ihr Bündel in der Hand: Sie war ganz die alte Gwenny. Auch ihr Haar war wieder, wie sie es immer getragen hatte, zwei Zöpfe, fest um den Kopf gelegt, und von einem schmalen Band gehalten.

»Ganz, wie es sich für ein braves Mädchen vom Lande gehört«, sagte Mistress Angarad, nicht gerade beifällig, »aber hübscher warst du in dem hellen Kleid, Gwenny.«

»Das war ein Kleid für den Sommer«, entgegnete Gwenny – ganz die alte Gwenny.
Sie sagte ihren Dank mit wenigen Worten, noch herzlicher aber mit den klaren, kindlichen Augen, und dann ging sie.
Mistress Angarad blickte ihr nach, und ihr fröstelte. Sie konnte sich nicht helfen; ihr war, als würde nun auf lange Zeit Winter um sie sein.

9.

Wirklich hatte Gwenny Glück, ein Kärrner nahm sie mit, und sie langte noch an demselben Abend in Bangor an. Der Mann kannte die Straße, die sie suchte, er setzte sie ganz in der Nähe ab. So stand sie bald vor dem würdigen Haus mit dem bronzenen Türklopfer in der Form eines Lorbeerkranzes: sie hob ihn und ließ ihn wieder fallen, zweimal. Ein Bedienter öffnete, sie hielt ihm den Brief hin. Der Mann warf einen Blick auf die Anschrift und öffnete sofort weit die Tür, er bat sie, einzutreten und in der Diele Platz zu nehmen. Gwenny wunderte sich darüber, setzte sich aber ruhig auf eine Bank, die dort stand, und wartete ab.
Der Diener, ein alter, weißhaariger Mann, legte den Brief auf eine flache, blanke Schale und stieg die breite Treppe hinauf. Es dauerte eine Weile, bis er wiederkam, und sein faltiges Gesicht war nicht mehr so unbewegt wie vorher.
»Du sollst heraufkommen, der Herr will mit dir reden«, richtete er aus.
Er führte Gwenny nach oben, auf Teppichen, so weich

wie ein moosiger Waldboden, klopfte an eine der hohen Türen und öffnete sie. »Das junge Mädchen, Herr«, meldete er gemessen.

»Es soll eintreten«, war die Antwort.

Gwenny betrat ein Zimmer, wie sie noch keins gesehen hatte. Vom Fußboden bis zur Decke, rundherum an den Wänden Bücher, und ein paar Gestelle gab es auch noch hier und da, beladen mit Büchern und Schriften. Ein Schreibtisch, auch dieser voll von Büchern, und dahinter ein vornehmer Herr, der den Brief in seiner Hand hielt.

»Rück dem Kind einen Stuhl, John Jones«, befahl er, und zu Gwenny sagte er höflich: »Setz dich, mein Kind.«

Der Diener murmelte noch eine Frage, erhielt Bescheid und verließ den Raum. Die beiden, der Herr hinter dem Schreibtisch und sein unerwarteter Besuch, betrachteten einander aufmerksam.

»Wie geht es ihr?« fragte der Herr unvermittelt.

Ohne Scheu gab Gwenny Antwort: »Es geht ihr gut. Nur war sie traurig, als ich fortging.«

»Weil du fortgingst?«

»Ja, deswegen. Ich war auch traurig. Sie war so gut zu mir.«

Er sah in den Brief: »Gwenny heißt du; du warst eine ganze Weile bei ihr, Gwenny – als ihre Magd?«

»Eigentlich nicht«, gab Gwenny unbefangen zurück. »Doch, das bin ich, eine Magd, Herr, aber sie hat mich gehalten wie eine Schwester.«

»Und doch bist du von ihr fortgegangen.«

»Ich konnte nicht anders, Herr. Nur weil ich nicht anders konnte.«

»Du würdest wieder zu ihr zurückgehen?«

»So gerne, Herr – aber ich muß ja nach Corwryon!«
»Ja, es steht hier im Brief. Sag mir, Kind – wird sie noch lange in Strata Monacella bleiben?«
»Nur noch ein paar Tage. Wir haben alles für den Winter sicher gemacht, sie kann fortgehen, wann sie will.«
»Das war recht«, sagte er, aber es klang zerstreut.
»Und nächstes Jahr, weißt du, ob sie wieder dahin zurückkehren wird?«
Überrascht blickte Gwenny auf. Er hatte sich erhoben und ging im Zimmer auf und ab, wie in einem schmalen Gang zwischen seinen vielen Büchern. »Aber ja«, versicherte sie, »es ist doch ihr Haus, all ihre Sachen sind da. Sie hat nur wenig eingepackt zum Mitnehmen.«
Der alte Herr ging zu seinem Sessel zurück. Er seufzte, als er sich niederließ. »Und du?« wollte er wissen.
»Ich weiß nicht, wo ich nächstes Jahr bleibe«, gab Gwenny zurück.
Nicht ein einziges Mal während der ganzen Unterredung war ein Name genannt worden. Nie »Angarad«, immer nur »sie«. Wie sonderbar doch alles war, und wann würde sie erfahren, wie das alles zusammenhing?
Der alte Herr nahm wieder das Wort, und nun sprach er nicht mehr zögernd wie vorher, sondern sehr bestimmt. »Du bleibst über Nacht hier«, sagte er. »Ich soll dir helfen, einen Ort namens Corwryon zu finden, steht hier«, und er klopfte leicht auf den weißen Bogen in seiner Hand. »Ich kenne keinen solchen Ort, aber bis morgen mittag werde ich wohl etwas entdeckt haben.«
Gwenny dankte ihm und stand auf, denn er rührte die Klingel.
Der Diener erschien. »Das junge Mädchen heißt

Gwenny, John«, erklärte der Herr. »Hat Mistress Jones das Fremdenzimmer bereit? Dann führe sie hin. Und sie kann mit euch essen.« Der Diener verneigte sich, das sollte wohl »ja« bedeuten.

»Sehr gut«, sagte sein Herr, »und morgen nach dem Frühstück bring mir das Mädchen hierher.«

Damit wünschte er Gwenny eine gute Nacht, und sie war entlassen.

Es war ein schweigsamer Haushalt, auch in der großen Küche wurde nichts gefragt, wenig geredet. Außer John Jones und seiner Frau, die Haushälterin und Köchin zugleich war, einem Stubenmädchen und der Spülmagd gab es noch einen krausköpfigen Buben, der die Stiefel zu putzen, Kohlen heraufzubringen und Botengänge zu erledigen hatte. Der sah Gwenny neugierig und oft genug von der Seite an, wagte aber kein Wort zu äußern. Mistress Jones führte ein strenges Regiment.

Das Essen war reichlich und sehr gut zubereitet, aber Gwenny nahm wenig; es war die Aufregung, die ihr den Hunger raubte. Morgen würde sie endlich erfahren, wo Corwryon lag – in ganz kurzer Zeit würde sie in Corwryon sein! Sie bezweifelte keinen Augenblick, daß der Herr mit den vielen Büchern es ihr morgen früh sagen würde. Und es war Mistress Angarad, die ihr alles leicht gemacht hatte; der Herr war wohl ein naher Verwandter von ihr. Daß ihm sehr an Mistress Angarad gelegen war, hatte sie seinen vielen Fragen entnommen, und sie war sicher, daß sie ihm teuer war.

Darüber dachte sie nach, als sie im Gastbett des Hauses hinter weißen Gardinen lag. Irgend etwas beunruhigte sie in diesem Haus. Es war zu still, die Schritte, die Stimmen gedämpft; Fragen hingen in der Luft, und

niemand sprach sie aus. Was war es? Die Luft selber war schwerer, als ob sie ein Geheimnis hielte.
Und noch etwas war schwer – Gwennys Herz, denn sie bedachte, daß sie Mistress Angarad betrübt hatte, die so gut zu ihr gewesen war. Eines Tages, gelobte sie sich, wenn ich es kann, werde ich es ihr vergelten.
Sie nahm eine Falte der weißen Bettvorhänge zwischen die Finger. Wie glatt, wie fein, dachte sie, und vor gar nicht langer Zeit hatte ich manchmal kein Dach überm Kopf. Unter mir den kahlen Hang, und heute weiche Kissen. Wo werde ich morgen schlafen? In Corwryon?
Aber wenn sie mich nicht aufnehmen? Alles verschwamm, eins zog durchs andere, weiße Wolken, Bettvorhänge, ein leuchtender, flammender Baum. Gwenny schlief.
Der Morgen war weit vorgeschritten, als sie endlich zum Studierzimmer befohlen wurde. Sie trat ein und grüßte schüchtern: »Guten Morgen, Herr«, obwohl sie nun den Namen ihres Gastgebers kannte. Sie wußte, daß es ihr nicht zukam, ihn anders als »Herr« anzureden. Es war noch ein anderer Herr bei ihm, der sie angelegentlich betrachtete, dem machte sie ihre altmodische kleine Reverenz.
Er war so verschieden von Dr. Wynne wie ein Waliser vom andern sein konnte: klein und beweglich, mit munteren, dunklen Augen und einem frischen Rot auf den Wangen, und alles andere als streng und ernst. Gwenny verlor sofort alle Scheu vor ihm.
»Dr. Rees«, sagte Dr. Wynne zu seinem Besucher, »dies ist Gwenny, die Corwryon sucht.« Er winkte Gwenny näher und erklärte: »Dieser Herr ist eigens zu mir gekommen, um dir zu sagen, wie du dorthin gelangst.

Er kennt Bangor und die ganze Umgebung besser als sonst jemand hier.«

Und mit einer höflichen Bewegung seiner Hand überließ er ihm das Wort.

»Ja, ja, gewiß, gewiß«, rief der lebhafte kleine Herr, »aber Gwenny muß mir auch allerlei erzählen! Mir kommt nicht alle Tage ein junges Mädchen in den Weg, das allein und zu Fuß von Süd-Wales bis zum Norden gepilgert ist, nur um Corwryon zu finden. Das ist ein seltener Vogel, den lassen wir nicht so schnell wieder fliegen, bester Freund.«

»Das liegt bei Gwenny«, entgegnete Dr. Wynne. »Nun aber, wie findet sie hin?«

Dr. Rees lachte und meinte, das sei nicht schwer. »Ich höre, du kennst dich in Wirtshausschildern aus, Gwenny? Nun merk gut auf. John Jones wird dich zu der Straße hingeleiten, die du gehen mußt, und zwar eine gute Strecke weit. Zuerst kommst du zu einem Ort, da heißt das beste Gasthaus ›Zur Goldenen Harfe‹. Im nächsten findest du eins mit einem roten Drachen auf dem Schild, und am Ausgang dieses Ortes steht eins, das heißt ganz einfach ›Zum Braunen Krug‹. Bei diesem Haus zweigt eine kleinere Straße von der großen ab, auf der kommst du zu einem Flecken, so gering, daß er nicht einmal eine Schenke hat. Du kommst an zwei oder drei solchen Dörfchen vorbei, und so zu einem etwas ansehnlicheren, und dieses hat ein Wirtshaus. Es heißt ›Zum Flammenden Baum‹.«

Bis dahin hatte Gwenny zugehört wie ein aufmerksames Kind in der Schule. Bei diesen Worten fuhr sie in die Höhe.

»Jawohl«, nickte der muntere Herr, »wir sind nun beinahe da. Noch nicht ganz in Corwryon, denn das ist

noch ein gutes Stück weiter, und ein elender Weg ist es. Aber es ist der rechte, denn dahin geht er und weiter nicht. Und was willst du dort, Mädchen?«
»Den Baum brennen sehn, Herr.«
Dr. Rees schüttelte den Kopf. »So fest glaubst du daran? Das ist ein Märchen, Kind – aber du glaubst wohl noch an Märchen?«
»Ja«, sagte Gwenny. »Ich danke Euch vielmals, Herr. Ich werde nun leicht hinfinden: die Harfe, der Drache, der Braune Krug, und dann weiter bis zum Flammenden Baum.«
»Richtig, und dort fragst du noch einmal nach Corwryon.«
»Und es ist wirklich ein Gehöft, Herr?«
»Soviel ich weiß, ja. Das letzte und entfernteste von mehreren; dort endet der Weg.«
Gwenny erlaubte sich ein Lächeln und einen unschuldigen Blick: »Wart Ihr je dort, werter Herr?«
»Ich? Nein, Gwenny. Aber ich glaube ja nicht mehr an Märchen, ich sammle sie nur und schreibe sie auf.«
»Ah«, sagte Gwenny und stand auf, »dieses ist von allen das beste.«
Dr. Wynne hatte alles mitangehört; jetzt mischte er sich in das Gespräch. »John Jones wird gleich melden, daß das Essen serviert sei, geh du zu Mistress Jones und iß nun auch, Gwenny. Nachher, wenn ich schelle, komm wieder zu uns und laß dich von Dr. Rees ausfragen, es ist doch für heute zu spät zum Aufbrechen.«
So geschah es denn, und Gwenny saß den halben Nachmittag dem Dr. Rees gegenüber und erzählte ihm von ihren Wanderungen. Besonders gern hörte er von der Zeit vor dieser letzten, größten, und ihrem Ende im

Gasthaus am Paß, wo sie zuerst vom flammenden Baum gehört hatte.

»Und der Mann, der davon erzählte, kam von Anglesey, sagst du?«

»Ja, Herr, und er wußte noch viele andere Geschichten. Keiner dort konnte so gut erzählen wie er.«

»Seinen Namen weißt du wohl nicht?«

»Nein; aber ich weiß etwas anderes von ihm.«

»Was denn, Gwenny?«

Gwennys schalkhafter Blick traf ihn: »Er trank sehr viel roten Wein, den teuersten«, sagte sie, »und das nach all dem Punsch. Ich mußte ihm die Treppe hinaufhelfen und ihm die Stiefel ausziehen.«

Dr. Rees lachte laut auf. »Was du für Erfahrungen hinter dir hast, Gwenny! Den teuersten Rotwein und zuviel davon – das dürfte ein Fingerzeig sein. Nun aber an die Arbeit: Was erzählten sie in jenem Schäferhaus, als ihr im Nebel festsaßt?«

Gwenny zählte auf und mußte dies und das ausführlich berichten, und vom Schäferhaus kamen sie auf andere Häuser und auf die alten Geschichten, die noch in ihnen lebendig waren. Die meisten kannte Dr. Rees, aber mehrmals mußte sie eine wiederholen, denn sie wich ein wenig oder auch wesentlich von der Fassung ab, die er schon hatte. Dann wurde er sehr eifrig und schrieb es auf, bis das große weiße Blatt vor ihm ganz mit seiner zierlichen Schrift bedeckt war. Er war sichtbar zufrieden mit ihr, rieb sich die Hände und sagte: »Ein fruchtbarer Nachmittag, Gwenny – ganz, als ob wir auch in Wolken feststeckten!« Und gerade da kam Dr. Wynne wieder in das Zimmer, der inzwischen einen Spaziergang gemacht hatte, und ihm auf den Fersen folgte John Jones mit dem Teebrett.

Mistress Jones hatte auch den Tee für die übrige Hausgenossenschaft bereit, und hier war der Tisch reichlicher bestellt als für die Herren oben. Die zerkrümelten höchstens ein Stückchen Kuchen, während sie diskutierten, aber hier in der Küche hielt man einen echten, ausgedehnten Schmaus. Heiße Wecken mit sehr viel Butter, zweierlei Kuchen, und wer vier Stücke Zucker in seine Teetasse tun wollte, durfte sie sich ruhig nehmen – der krausköpfige Junge tat es und wurde nicht gerügt.

Gwenny verstand sich auf die Anzeichen; die Dienerschaft hat es gut in diesem Hause.

John Jones hielt seiner Frau die leere Tasse hin und sagte, es sei angenehm, daß sie auch einmal einen Gast in der Küche hätten. Und eine Stunde vor dem Abendessen wünschte sein Herr Gwenny noch einmal im Studierzimmer zu sehen, da sie ja am nächsten Morgen früh aufbrechen müßte.

»Ganz früh, John Jones?«

»So früh du willst. Du hast einen langen Weg vor dir.«

Zu der genannten Stunde brachte er Gwenny nach oben, er hatte beinah etwas Väterliches in seinem Wesen, als er ihr die Tür öffnete. Als sie an ihm vorbei über die Schwelle trat, raunte er ihr zu: »Erzähl recht viel, halte nichts zurück!«

Danach richtete sich Gwenny, und wieder sprachen sie von Strata Monacella und seiner Bewohnerin, deren Name nicht genannt wurde.

»Ganz allein lebt sie da«, murmelte der alte Herr. »Womit füllt sie nur den Tag?«

»Es ist immer etwas zu tun«, belehrte Gwenny ihn, »sie hält Bienen, und sie hat ihren Garten; sie tut alles selbst. Es ist sehr schön bei ihr. Und sie liest viel in gro-

ßen Büchern, abends und wenn es regnet; aber bei gutem Wetter ist sie immer draußen.«
Dr. Wynne schüttelte wieder den weißen Kopf, sorgenvoll, wie es schien. »Hat sie noch die Harfe?«
»Doch, die hat sie. Sie steht im Winkel, in ein seidenes Tuch eingeschlagen. Aber ich habe nie gehört, daß sie darauf spielte.«
»Sie spielt sehr gut, Gwenny, es ist schade, daß du sie nicht gehört hast.«
»Sie hat mir zeigen wollen, wie man spielt«, berichtete Gwenny gewissenhaft, »es wurde nur nicht viel daraus.«
Der alte Herr seufzte. »In solcher Einsamkeit lebt sie – kommt nie jemand zu ihr?«
»Nur die Frau, die im Haus hilft und die Wäsche besorgt und dergleichen tut«, erzählte Gwenny, »und der Sohn des Nachbars, der bringt, was sie braucht. Ein paarmal kamen Reisende, als ich bei ihr war, denen zeigt sie, was einmal die Abtei war. Ja, und der alte Knecht ist manchmal da, der muß das Gras schneiden und auf die Disteln achten.«
»Ein seltsames Leben –«, sagte der alte Herr versonnen, »– für Angarad.« Es war das einzige Mal, daß der Name genannt wurde, und Gwenny sah mit Verwunderung und Mitleid, wie weich das strenge Gesicht dabei wurde.
Noch mehr wunderte sich John Jones, als sie es ihm sagte. Er geriet in eine heftige Erregung: »All die Jahre – all die Jahre durfte der Name in diesem Hause nicht laut werden«, stieß er hervor, »und wir dachten doch jeden Tag an sie! Wie lange hörten wir nichts von ihr, wußten nicht, wo sie geblieben war, und plötzlich warst du da, mit ihrem Brief. Vielleicht –« er sprach

nicht aus, was vielleicht werden könnte, aber er sah so hoffnungsvoll aus, als könnte es nur etwas sehr Schönes und Gutes sein. Gwenny wartete geduldig, bis er wieder zu ihr zurückkehrte.
»Es ist eine alte, dunkle Geschichte«, sagte John Jones. »Du hast nichts gefragt, und ich durfte nichts sagen. Jetzt aber – sie war sein Alles, die Tochter, das einzige Kind. So klug und schön, so stolz! Und er war stolz auf sie. Und dann die Schande –«
»Das glaube ich nicht«, sagte Gwenny. »Niemals hat Mistress Angarad etwas Schändliches getan.«
Ein warmer Schein flog über das Gesicht des alten Dieners. »Ich habe es auch nicht glauben können«, gestand er. »Ich durfte nichts sagen. Mein Herr hat geglaubt, was die Leute von ihr sagten, und sie aus dem Haus gewiesen. Und er hat uns verboten, auch nur ihren Namen zu nennen.«
»Das war hart«, sagte Gwenny.
Aber John Jones verteidigte seinen Herrn. »Er hat schwer gelitten, Gwenny, das macht ungerecht. Das schlimmste für uns alle war, daß wir nicht wußten, wohin sie geflohen war. All diese Jahre –«
Er blickte zurück auf diese Jahre, zählte sie wie Meilensteine an einer langen Straße.
»Ich war schon im Haus, als sie noch in der Wiege lag«, sagte er still, »und dann anhören müssen, wie man sie Mörderin schimpfte!«
»John Jones«, rief Gwenny, »nun solltest du doch offen herausreden! Mörderin! Wen sollte sie ermordet haben?«
John Jones scheute sich trotzdem, er murmelte etwas von einer jungen Frau, die Gift genommen hätte, weil Angarad... Es hieß, Angarad hätte ihr ihren Mann

gestohlen. »Und mein Herr, so geachtet, das ertrug er nicht. Und all diese Jahre kein Wort!«

»Aber jetzt wißt ihr, wo ihr sie suchen sollt, jetzt wird alles gut«, sagte Gwenny überzeugt, und John Jones sah sie gläubig an und seufzte: »Das walte Gott.«

Sie waren unterdessen aus der Stadt hinaus und eine Meile oder zwei die Landstraße entlang gewandert. Es wurde Zeit, daß der Diener zurückging. Er hielt an, er nahm ihre harte kleine Hand in seine beiden Hände: »Glück und Segen, wohin du auch gehst, Gwenny.«

»Danke, John Jones, und Euch das gleiche, wo immer Ihr bleibt.«

Als der Diener zu seinem Herrn in das Zimmer trat, saß dieser am Kamin, tief in Gedanken versunken. Das Feuer war gebaut, aber es brannte nicht. »Zünd an, John Jones«, sagte Dr. Wynne, »es ist ein kühler Morgen.«

Und als die Flammen hochzüngelten, wärmte er die Hände daran, blickte zu dem Diener auf und lächelte. »Sie hält Bienen, John«, sagte er.

John erlaubte sich auch ein Lächeln. »Wirklich, Herr? Bienen?« Er nahm sich noch mehr heraus, hüstelte leise und vorsichtig und wagte zu bemerken: »Die Kleine, Herr – sie hat uns Segen ins Haus gebracht.«

»So klein ist sie gar nicht«, sagte Dr. Wynne.

10.

Vorbei an dem Gasthaus »Zur Goldenen Harfe«, vorbei am »Roten Drachen«, nach ein paar Stunden vorbei auch am »Braunen Krug«. Und nun fort von der breiten, geschäftigen Landstraße und weiter auf dem schmaleren, dem schlechteren Weg. Vorerst lief er noch recht glatt dahin, es war, als strebe er den fernen Bergen zu, so schnell es ihm möglich war.

Gwenny ging ihren gewohnten, gleichmäßigen Schritt. So nahe dem Ziel war sie ganz ohne Ungeduld. Sie wußte, sie konnte noch an diesem Tag in Corwryon sein, und sollte es nicht glücken, dann blieb sie im Wirtshaus zum »Flammenden Baum«. Es war beinah dasselbe.

Ebenso dachte auch die Wirtin in eben diesem Haus, bei der sie kurz vor dem Dunkelwerden anklopfte. Sie wollte sich nur erkundigen, wie weit sie noch zu gehen hätte, aber die gute Frau meinte, besser bliebe sie hier und beende ihren Weg morgen. »Eilt es?« fragte sie. »Verlaufen kannst du dich nicht, aber es ist unheimlich, im Dunkeln zu gehen. Das ist eine sehr unheimliche Gegend, ich würde nicht für viel Geld in der Nacht dort herumwandern.« Sie murmelte etwas von Totenkerzen und dergleichen unholden Erscheinungen und sagte entschlossen, sie könnte es nicht zulassen: »Nein, Mädchen, du bleibst über Nacht bei uns. Morgen bei Tageslicht ist es etwas anderes. Es sieht dann auch alles freundlicher aus.«

Sie fing an, Gwenny auszufragen, wer sie sei, woher gekommen, was sie in Corwryon suche; am Ende war sie mit den Leuten dort verwandt? Gwenny gab Bescheid, wenn auch nur den kürzesten. Sie sei von weither, nicht verwandt mit irgend jemand hier; sie suche Arbeit.

»Arbeit«, rief die Wirtin, »die kannst du bei mir haben, und ich zahle besseren Lohn als die in Corwryon, das kannst du glauben!«

Gwenny glaubte ihr, blieb aber dabei, sie müsse nach Corwryon. Die Frau sah sie scharf an und meinte, dahinter stecke mehr als Gwenny zugeben wollte. Später, als sie allein in der Küche waren, kam sie darauf zurück. »Gesteh es nur«, drängte sie gutmütig, »du willst um des flammenden Baums willen dahin!«

»Ja«, sagte Gwenny.

»Hab' ich mir's doch gleich gedacht! Warum sonst sollte ein Mensch dorthin gehen? Ein so elender Fleck, von allen guten Geistern verlassen –«

»Tut er es noch?« fiel Gwenny ihr in die Rede.

»Wer, der Baum? Ob er noch brennt, meinst du?«

Gwenny nickte nur, die Augen groß und bange.

»Das wird er wohl noch. Aber Kind, das ist heidnisches Wesen, wir wollen nichts davon wissen. Wir bemengen uns nicht damit, und ein Mädchen wie du sollte es auch nicht tun.«

Gwenny schwieg. Bald darauf kamen die Männer heim, der Wirt mit seinen Söhnen und einem Knecht, ihnen folgten ein paar Freunde und Nachbarn, die eigentlich nur etwas trinken wollten, aber dringlich gebeten wurden, mitzuhalten – das Essen sei fertig.

Töchter gab es nicht in diesem Haus, auch keine Magd; Gwenny holte Teller und Schüsseln vom Bord, Mistress Sian füllte auf, und sie reichte jedem den seinen, rings um den blankgescheuerten Tisch. Alle wünschten Mistress Sian Glück zu der neuen Helferin, aber die sagte, und es klang etwas verdrießlich: »Sie bleibt ja nicht hier, sie will nach Corwryon, um jeden Preis.«

Da hieß es: »Was soll sie in dem erbärmlichen Loch! Viel besser, sie bleibt hier«, der Wirt aber meinte gemütlich, das Mädchen möge nur hingehn, es würde bald wieder wegwollen, »und dann«, wandte er sich Gwenny zu, »weißt du ja, wo wir sind.«

Gwenny war so verlegen und wußte nicht, was sie antworten sollte. »Es gibt doch sicher Mädchen genug im Ort«, brachte sie endlich heraus. Aber das war es eben, hierorts war kaum eines zu finden. Sie gingen alle nach Bangor in den Dienst oder zu den Orten an der Küste, wo die Löhne höher waren, die Arbeit leichter und das Leben lustiger.

»Laßt sie in Frieden«, mahnte Mistress Sian, »sie wird ihren Grund haben.«

»Ach, die alte Geschichte«, höhnten die Gäste.

Gwenny blickte befremdet von einem zum andern. Was für Menschen waren es, die so von einem großen Wunder reden konnten, so achtlos, so geringschätzig? Sie riefen alle durcheinander, daß nicht einmal Neugierige herkämen, heutzutage, und kämen sie auch, dann würde Thomas Corwryon ihnen bald heimleuchten. Schallendes Gelächter rund um den Tisch: »Thomas, nicht sein alter Apfelbaum!«

Gwenny war nicht wohl dabei zumute. Ihr war, als trete man ihr Wunder in den Kot, wenn man so seinen Scherz damit trieb. Sie war wie erlöst, als Mistress Sian aufstand, die Gäste ihre Schemel zurückschoben und ihre Pfeifen ansteckten. Sobald der Tisch abgeräumt war, rückten sie wieder heran, und der Wirt brachte die vollen Krüge; sie saßen lieber hier als in der Schankstube.

Mistress Sian verschwand in ihrer Vorratskammer, und Gwenny fing mit dem Abwaschen an, froh der vertrauten Tätigkeit und es heimeligen Bildes, alles ganz so, wie sie es seit Jahren kannte. Auf einmal wünschte sie, daß doch hinter diesem Haus der Wunderbaum stehen

möchte. Aber da hörte sie, wie der Wirt ausrief: »Ich sage euch – wenn einem von meinen Apfelbäumen so etwas einfiele, ich hackte ihn ab, noch am gleichen Tage!«
Da war sie doch froh, daß ihr Baum nicht hinter diesem Haus stand, sondern in Corwryon.

Der letzte Morgen, das Ende der langen Wanderung, und er ließ sich nicht eben gut an. Ein kalter Wind blies viel Grau über die Berge, denen Gwenny nun viel näher war. Sie blickten finster drein, diese Berge, ein wenig Sonnenschein hätte ihnen gut zu Gesicht gestanden. Besser als die Wolkenmützen, die sie sich nach und nach tiefer über die Scheitel zogen.
Bis vor kurzem war der Weg recht hübsch gewesen, Haselbüsche und Erlen begleiteten ihn. Dahinter lagen Weideflächen und leere Felder, soweit man sehen konnte. Und wenn der Himmel auch nicht freundlich war und die Berge zu dräuen schienen, noch ging es sich leicht auf dem Wege.
Dann aber bog er sich nach links und kroch, sozusagen, einen niedrigen Hügelrücken entlang, kaum mehr ein Weg, steinig und rauh, mit tief ausgefahrenen Spuren. Wenn es regnete, mußte er ein wahrer Bach sein. Ein Gehölz verstellte ihr kurz die Aussicht; als sie es hinter sich hatte, konnte sie über ein langes, nicht sehr breites Tal hinweg die Berge sehen, die sich von hier aus noch dunkler, noch mächtiger zu erheben schienen. Eine öde Landschaft ohne jeden Reiz, in der sich nichts regte, nur darüber die grauen Wolken. Dicht vor Gwenny auf einem kleinen Ausläufer des Hügels lag ein Gehöft.
Corwryon: so war es ihr beschrieben worden. Gwenny

stand still und betrachtete es – ein altes, häßliches Haus aus düstergrauen Steinen gebaut, ein etwas größeres Stallgebäude; auf der anderen Seite des Hofes baufällige Schuppen. Holunderbüsche in den Winkeln, ein paar zerbrochene Wagenräder, ein Hauklotz unter einem schief hängenden Dach. Ein paar Hühner kratzten auf dem Hof herum, ohne alle Geschäftigkeit, so, als ob sie nicht viel davon erwarteten. Gwenny hatte nie einen so verkommenen Hof gesehen. Sie nickte; ein erbärmliches Loch hatten die Leute im »Flammenden Baum« ihn gestern genannt. Es traf genau zu. Sie stieß das halbvermorschte Gatter auf, ging schräg über den Hof und klopfte an die Tür des freudlosen Hauses.
Eine Frau machte auf, aber nicht mehr als einen Spalt weit. »Wir geben nichts«, sagte sie schroff.
»Ich habe um nichts gebeten«, erwiderte Gwenny.
»So? Was willst du hier?«
»Fragen, ob Ihr eine Magd braucht, Mistress.«
Die Tür öffnete sich etwas weiter, die Frau trat auf die Schwelle. Mißtrauisch starrte sie das Mädchen an, sagte aber nichts.
»Wenn Ihr mich brauchen könnt, möchte ich hierbleiben«, erklärte Gwenny, »ich diene um mein Essen und eine Schlafgelegenheit. Lohn verlange ich nicht.«
»Lohn verlangst du nicht!« wiederholte die Frau verblüfft. »Wer bist du, und wie hast du hergefunden?«
Gwenny nannte ihren Namen; sie sei nichts als eine Magd, die Arbeit suche. Im Flecken dahinten hätte sie gehört, daß sie die in Corwryon sicher finden würde. Daraufhin wurde der Blick der Frau noch mißtrauischer.
»Wer hat dir das gesagt?« fragte sie scharf.

89

»Ich kannte niemand dort, ich weiß nicht, wie die Leute heißen. Soll ich bleiben oder gehn, Mistress?«
Unschlüssig stand die Frau in der Tür. Eine Magd, die keinen Lohn forderte, kam nicht jeden Tag auf ihren Hof; sie wäre dumm, wenn sie die nicht festhielte. Andererseits traute sie der Sache nicht, es mochte etwas dahinterstecken, wenn das Mädchen auch ehrlich genug aussah. Es war ein ungewöhnlicher Handel, und das Ungewöhnliche betrachtete Myfanwy Thomas stets als verdächtig.
»Es fängt an zu regnen«, bemerkte Gwenny gelassen, »solltet Ihr mich nicht aufnehmen, Mistress?«
»Meinetwegen denn, komm herein«, gab Mistress Thomas nach. Sie trat von der Schwelle zurück und ging Gwenny voran in die Küche, die zugleich der Wohnraum des Hauses war. »Aber das sage ich dir, mehr als du verlangt hast, gebe ich nicht!«
»Ich will nicht mehr«, sagte Gwenny. Sie war zufrieden, war sie doch genau da, wo sie sein wollte.
So häßlich sich das Haus von außen anließ, so unwohnlich war es innen. Alles war abgenutzt, die Wände fleckig, die Decke dunkel vom Herdrauch. Der Fußboden aus Schieferplatten war grau vom Schmutz; er sagte nur zu deutlich, daß Mistress Thomas Arbeit für eine Magd hätte. Auch für zwei hätte sie gereicht. Die Hausfrau selber schien nicht sehr auf Reinlichkeit zu halten, jedenfalls nicht, wenn sie sie mit den eigenen Händen pflegen mußte. »Jetzt hat sie mich«, sagte Gwenny zu sich selber, als sie Mistress Thomas die Stiege hinan folgte, um die Kammer zu sehen, in der sie schlafen sollte. Sie war so kahl und ärmlich wie alles in diesem Hause; ein Bett, ein Stuhl und ein paar Haken an der Wand – mehr enthielt sie nicht.

Gwenny legte ihr Bündel auf den Stuhl, hängte den Umhang an den Haken und war eingezogen.
»Ist das alles, was du hast?« fragte Mistress Thomas. »Wo ist der Rest von deinen Sachen?«
»Ich habe nichts anderes«, sagte Gwenny, und sie gingen wieder nach unten.
Ein Mann saß am Tisch, der fragte unfreundlich, wer denn das sei. Das sei die neue Magd, erklärte Mistress Thomas. Sie beeilte sich hinzuzufügen, daß das Mädchen keinen Lohn brauche.
»Noch ein Mund zu füttern«, murrte er, ohne Gwenny einen Gruß zu bieten noch den ihren zu erwidern. Es war Gwilym Thomas, der Meister auf Corwryon, und von ihm war nichts Besseres zu sagen als von seinem Hof.
So recht willkommen bin ich hier gewiß nicht, dachte Gwenny.
Sie band die sackleinene Schürze um, die Mistress Thomas ihr reichte, und ging an die Arbeit.

Myfanwy Thomas erkannte bald, was sie an der neuen Magd hatte, und noch etwas mehr, nämlich, daß es angenehm war, die Herrin zu spielen.
Den ganzen Tag hieß es »Gwenny hier« und »Gwenny da«. Der Tag begann früh für Gwenny und endete sehr spät.
Sie wußte nun, daß es außer Gwilym Thomas und seiner Frau noch einen Hausgenossen gab, Gwilyms Großonkel, von dem er den Hof übernommen hatte. Der hockte im Herdwinkel, lahm und fast blind; niemand kümmerte sich um ihn. Dann war da auch noch ein Knecht, aber der wohnte nicht im Haus. Er hatte eine Kammer über dem Kuhstall. Er kam nur zu den

Mahlzeiten in die Küche, sprach kein Wort und verschwand, sobald seine Schüssel leer war. Besser kein Wort als die Grobheiten, die Gwilym von sich gab, sooft er den Mund auftat, meinte Gwenny. Sie selber nahm seine Unfreundlichkeit schweigend hin, aber sie wunderte sich über Rhodri, der sich noch viel mehr gefallen lassen mußte. Jeder andere hätte dem unwirschen Menschen die Arbeit vor die Füße geworfen, Rhodri dagegen blieb still, und doch hätte er den viel kleineren Gwilym mit einer Hand vom Boden aufheben können. Es war ein sonderbarer Haushalt hier auf Corwryon; es war kein gutes Leben in diesem Haus, aber sie klagte nicht.

Nach dem Abendessen, und wenn sie mit der letzten Küchenarbeit fertig war, gab es immer noch keinen Feierabend für Gwenny. Dann mußte sie spinnen, allein bei einer Unschlittkerze, schlechte, verfilzte Wolle voll von Kletten und Knoten, lauter Abfall, den kein Händler geschenkt genommen hätte. Mistress Thomas mochte nicht spinnen, aber nun hatte sie Gwenny, der sie aufbürden konnte, soviel sie wollte. So mühte sich das Mädchen allabendlich mit halberstarrten Fingern, zuerst die schmutzigen, übelriechenden Bündel auszupfend und glattkämmend, dann einen Faden drehend so gut es möglich war. Das Torffeuer brannte nieder, nachlegen durfte sie nicht. Es sei noch nicht richtig Winter, sagte Mistress Thomas. Mit Brennholz und Torf wurde noch mehr gespart als mit dem Essen, und das war stets vom Geringsten. Abend für Abend kam dasselbe auf den Tisch, Haferbrei und Buttermilch, die Kost der Ärmsten, und wenig genug davon für Gwenny.

Was war es nur mit diesem Hof? Die wenigen Menschen hätte er hinlänglich ernähren sollen; woran lag es, daß nie ein schmackhaftes Gericht auf dem Tisch erschien – genug für Thomas und Rhodri; für den Alten, die Hausfrau und die Magd nur ein karger Rest? Es gab Hühner im Hof, aber entweder legten sie nicht mehr, oder sie taten es heimlich in verborgenen Winkeln, und der Hund fand ihre Eier. Das arme Tier, sie waren ihm wohl zu gönnen, denn es war nur Haut und Knochen, es bekam mehr Schläge als Futter. Im Stall standen ein paar Kühe, Rhodri versorgte sie und bereitete Käse aus der Milch; ins Haus kam nur Buttermilch. Den Schweinen ging es einigermaßen gut und den Schafen nicht gerade schlecht, so rauh auch ihre Weide auf dem Hügel war, aber mit der alten Stute war es ein Elend. Obwohl der Herbst rauh und naß war, mußte sie draußen bleiben und zusehen, wie sie satt wurde. Sie tat Gwenny leid, wenn sie sie mit hängendem Kopf stehen sah. Wenn nur Rhodri nicht so scheu gewesen wäre – sie hätte ihn gern gebeten, etwas für das arme Pferd zu tun, aber es war schwer, auch nur zu einem Wort mit ihm zu kommen. Nun war sie doch schon mehrere Wochen hier, und sie hatte noch kaum mit ihm gesprochen. Aber hätte er nicht von sich aus etwas für Doli tun können? Er sah so gut wie sie, daß es nötig war, und er war für das Vieh da.

Ach, das ganze Corwryon, es war hoffnungslos verfahren. Gwilym war geizig und seine Frau schludrig, beide waren arbeitsscheu. Der eine lud auf den Knecht ab, was er irgend konnte, und die andere schob Gwenny zu, was sie selbst hätte tun müssen.

Nach und nach kam es Gwenny vor, als brüte etwas Dunkles, Unheilvolles über dem Hof und dem Tal herunter. Es war nicht natürlich, daß ein Ort so freudlos

war. Das einzige, was Rhodri je zu ihr gesagt hatte, war:
»Nicht dahin«, als er sah, daß Gwenny den Hang hinab
gehen wollte. Und Mistress Thomas hatte sich fester in
ihr Tuch gewickelt, als Gwenny fragte, warum sie nicht
dahin gehen dürfte. Das sei bodenloser Sumpf, hatte
sie geantwortet, und Corwryons Unglück.

11.

Alles ertrug Gwenny – Arbeit, die fast über ihre jungen
Kräfte ging, Hunger, den sie nie genügend stillen
konnte, Schlaf, der nicht ausreichte, ein Haus, das
nichts kannte als Griesgrämigkeit. Manchmal wurde es
selbst ihr zuviel, standhaft wie sie war, aber dann erinnerte sie sich, daß niemand sie hierher gerufen hatte.
Aus eigenem, freiem Willen war sie nach Corwryon
gekommen, zu einem ganz bestimmten Zweck, die
Menschen in diesem Haus schuldeten ihr nichts.
Und hinter dem Hof lag wie ein vergessenes Grab ein
Flecken Wiese, früher einmal ein Grasgarten, denn die
Trümmer einer niederen Mauer waren zu erkennen.
Nesseln und dornige Brombeerranken schwankten
über den Steinen, Holunderbüsche füllten die Winkel,
und das Gras, das nie gemäht wurde, hing in gelblichen Schöpfen zwischen den Stämmen der wenigen
alten Bäume, die noch standen. Es waren nur vier oder
fünf, alle verkrümmt und verkrüppelt, die ihre wenigen kahlen Äste wie anklagend dem Winterhimmel
zuhoben. Einer, etwas höher und gerader als die
andern, trug Büschel fahlgrüner Misteln an seinen
höchsten Zweigen; zwei andere waren fast erstickt

unter Massen von Efeu, sie hatten kaum mehr Leben. Keiner sah aus, als ob er leuchten könnte.
Und doch kam Gwenny hierher, wenn sie sich allein wußte, am liebsten um die Dämmerstunde. Dann legte sie wohl die Hand an einen der Bäume und flüsterte: »Bist du es?«
Einmal kam eine Antwort: »Keiner von diesen beiden.« Rhodri war in der Nähe, er wußte, warum sie es tat. Gwenny erschrak nicht einmal, Rhodri gehörte hierhin wie einer der Bäume, Rhodri war wie Erde und Holz und Regen und Luft. »Welcher denn?« fragte sie, ohne sich umzuwenden.
Der Knecht ging ihr voraus, und sie folgte. Dort, wo der einstige Garten in freies Weideland überging, stand noch ein Baum, ganz für sich, Gwenny hatte ihn wohl schon gesehen, ihn aber nicht für einen Apfelbaum gehalten. Nun sah sie ihn mit andern Augen: Er war alt, aber durchaus nicht hinfällig wie die andern. Seine Rinde war rauh und gesund, seine Krone, sein Wipfel gut geformt; er war eher hoch als breit. Der unterste Ast zweigte ab, bog sich vom Stamm fort: Wenn dieser Baum blühte, mußte er aussehen wie eine Sommerwolke. Gwenny drehte sich nach Rhodri um, ihre Augen leuchteten. Aber er war fortgegangen. Nun gab es keine Einsamkeit mehr, und die Zeit schien schneller zu vergehen. Rhodri freilich hatte sich wieder in seine Schale zurückgezogen; nicht, daß sie etwas anderes erwartet hatte. Er war ein Einzelgänger, er wollte nicht, daß andere ihm zu nah kamen, er brauchte niemand. Gwenny verstand es gut. Er wußte, welche Bewandtnis es mit dem Baum hatte, aber er wollte nicht darüber reden – schön und recht. Ihr lag auch nicht daran.

Mistress Thomas aber sah sie noch argwöhnischer an als am Anfang. Sie hatte mehrmals gesehen, wie Gwenny durch den Grasgarten lief, um nach einer kleinen Weile mit glänzenden Augen und etwas atemlos zurückzuschlüpfen. Warum tat sie das, was trieb sie da draußen? Beim nächstenmal erwartete sie Gwenny bei der Tür und verlangte es zu wissen. »Ich war bei dem Baum«, sagte Gwenny unbefangen.

»Bei dem Baum?« rief Mistress Thomas überrascht.

»Ja. Bei dem Baum, der brennt.«

Entsetzt sah die Frau sie an. Gleich darauf hatte sie sich wieder gefaßt und sagte scharf: »Darüber wird in diesem Haus nicht gesprochen, merk es dir, Mädchen! Das ist ein heidnisches Wesen, und wir sind gute Christen hier.«

Im Herdwinkel wurde plötzlich etwas wie ein Gegakker laut, und eine eingerostete Stimme krächzte: »Er brennt aber doch, unser Baum, Tochter – er brennt doch!«

Die beiden fuhren herum. Der Alte! Sie hatten ihn ganz vergessen. Blind war er, aber nicht taub, und sein Gedächtnis war so klar wie eh und je.

»Keine Schande, unser Baum, keine Schande«, brummte er vor sich hin und schüttelte ärgerlich den kahlen Kopf.

»Still, still«, rief Mistress Thomas angstvoll, denn sie hörte ihren Mann kommen. Es war nicht nötig; das Flämmchen Leben, das noch in dem bald Neunzigjährigen flackerte, war wieder zusammengesunken. Er regte sich nicht mehr, er gab keinen Ton von sich.

So wußte nun Mistress Thomas, warum Gwenny bei ihr diente – des Baumes wegen.

War es aber reine Neugier, die sie hierher getrieben

hatte, oder versprach sie sich etwas Besonderes davon, ihn brennen zu sehen? Das war die andere Frage. Schade, daß sie so entschieden gesagt hatte, von dem Baum würde nicht geredet, denn nun konnte sie das Mädchen nicht danach fragen, und sie hätte es so gern gewußt.
Myfanwy Thomas zog das Tuch fester um die Schultern; ihr schauerte, wenn sie das Unerklärliche dachte, vor dem ihr graute.
Merkwürdig war, daß sie von diesem Abend an Gwenny freundlicher behandelte, fast als ob sie eine Verbündete in ihr sähe. Sie sagte zwar nichts frei heraus, gefiel sich aber in Anspielungen, seufzte oft und blickte Gwenny bedeutungsvoll an. Gwenny ging nicht darauf ein.

Am Sabbat wurde in Myfanwy Thomas' Haus kein Essen gekocht, denn sie und ihr Mann gehörten einer strengen Sekte an, die den Tag heilighielt, mit großem Eifer. Es durfte keinerlei Arbeit unternommen werden, vor allem nichts, das Vergnügen bereitet hätte. Das Vieh natürlich, dafür mußte man sorgen, aber Rhodri gehörte nicht zu den Frommen, er war ohnehin verloren: Der mochte es tun. Am frühen Sabbatmorgen mußte der Knecht Doli anschirren, und sie rollten dahin, dem nächsten Bethaus zu; erst am späten Nachmittag kehrten sie zurück. Gwenny konnte ruhig so sündhafte Dinge tun wie den Dreifuß übers Feuer rücken und den alten rußigen Topf daraufsetzen. Hafermehl vermischt mit Zwiebeln, Salz und Schmalz gab eine kräftige Suppe, und der Alte im Herdwinkel nahm begierig den vollen Napf, den sie ihm brachte. »Es ist noch heiß«, warnte sie ihn, aber er wärmte die dünnen, zitternden Hände daran und hob die sichtlosen Augen dankbar zu ihr auf.

Gwenny füllte die zweite Schüssel und trug sie über den Hof. Am Sabbat kam Rhodri nicht ins Haus, sie wußte nicht, was er an diesem Tag aß. Brot und Käse vielleicht, gute Kost, aber kalt und nüchtern, besonders an einem Wintertag; gab es eine gute Suppe im Haus, dann sollte er auch seinen Anteil daran haben. »Rhodri«, rief sie zum Stallboden hinauf, »komm und hol dir's.«

Der Hund hatte schon das Seinige bekommen, er nagte nur an einem alten Knochen. Als Gwenny an ihm vorbeiging, schlug er freundlich mit dem Schwanz. Corwryon war gut behütet, während seine Besitzer Hymnen sangen und lange Predigten voll von Höllenfeuer und ewiger Verdammnis genossen.

Es ging stark auf Weihnachten zu, aber Gwenny wußte, in diesem Haus würde das Fest nicht gefeiert werden. Das sei sündhaftes Treiben, erklärte Mistress Thomas; das seien unnütze Ausgaben, fügte Thomas hinzu. Der Alte im Winkel wimmerte leise, aber das half ihm nichts, es wurden keine Plumppuddings gekocht, kein Puter gebraten, kein Kuchen gebacken. Gwenny riskierte es und nahm von dem Weizenmehl, das die Hausfrau eifersüchtig hütete, sie stahl auch ein wenig Milch aus dem Eimer, und da sie nun schon so verrucht war, nahm sie auch noch etwas Zucker dazu und buk feines weißes Brot mit einer bildschönen, goldbraunen Kruste. »Dazu gehört Butter, Mistress«, sagte sie und heftete die Augen herausfordernd auf Myfanwy. Die konnte nicht anders als Butter herausgeben, sehr ungern, aber der klare Blick schaffte ihr Unbehagen. Sie selber aß soviel wie möglich von dem

schönen, weichen Brot, und sie sah scheel zu, wie Gwenny eine große Schnitte für den Alten strich. »Großvater«, sagte sie, »Weihnachtsbrot!«
Seine Hände zitterten noch stärker als gewöhnlich, sie mußte ihm helfen, ihm die Tasse halten, damit er trinken konnte. Ihr selbst war es warm und gut ums Herz, denn auch für Rhodri hatte sie Weißbrot und Butter, wenn die Mistress ihm auch beides nicht gönnte. Der Kettenhund hatte eine Schüssel Milch ausgetrunken, von der nur er und Gwenny wußten. »Schöne, frohe, sündhafte Weihnacht«, hatte Gwenny ihm gewünscht, als er eifrig die Schnauze hineintauchte. Meister Thomas war nicht auf dem Hof, sondern auf dem Hügel; er hatte Fallen gestellt und sah jetzt nach, ob sich nicht ein Kaninchen für den Kochtopf darin gefangen hätte.
So ging Weihnachten vorüber, bei mildem Wetter mit Regen und Nebel. Die Zwölf Nächte waren über ihnen; aber in Corwryon saßen sie nicht beim hellen Feuerschein, die alten Geschichten wieder aufleben lassend, einen warmen Trunk im Becher. Jeder saß für sich, stumm und düster. Und wenn einer von ihnen Gedanken hegte, denen er nachhing, so ließ er nichts davon verlauten.
Gwenny spann nicht mehr. Der alte Mann verlangte frühzeitig nach seinem Bett, und wenn er lag, mußte sie noch ein Weilchen bei ihm sitzen und ihm etwas erzählen. Er hielt ihre Hand, und wenn er sie losließ, wußte sie, er war eingeschlafen wie ein kleines Kind. Danach durfte auch sie in ihre Kammer gehen.
Die Nacht, auf die sie wartete, war nahe, aber welche von den Zwölfen es war, wußte sie nicht. Sie gab genau acht, ob sich nicht etwas Ungewöhnliches begeben würde, aber die neunte Nacht ging vorüber, die

zehnte, und alles war wie sonst. Nur glaubte sie in Mistress Thomas eine steigende Unruhe wahrzunehmen. Heute oder morgen mußte die Stunde kommen, aber wann würde sie schlagen?

Nun nur noch eine Nacht, und dann die zwölfte. Und am Abend dieses letzten Tages geschah, was Gwenny erwartete. Kaum wollte es dunkel werden, da begann Mistress Thomas selber, die schweren hölzernen Fensterladen vorzulegen und sie mit den Eisenriegeln zu verschließen. Die Laden waren innen angebracht, aber noch nie hatte Gwenny sie in Gebrauch gesehen. Mistress Thomas ging durch das Haus und sorgte dafür, daß keines seiner Fenster unverdeckt blieb, auch nicht die kleinste Luke. Gwenny mußte ihr dabei helfen; es fiel kein einziges Wort während der Arbeit.

Sie aßen zeitig an diesem Abend, und Gwenny wurde zu Bett geschickt, kaum daß sie abgewaschen hatte. Sie kam noch einmal nach unten, sie hatte etwas vergessen, und sah, daß Mistress Thomas mit dem Gebetbuch am Tisch saß und die Anrufung um Hilfe bei großer Gefahr murmelte; ihr Mann saß im Lehnstuhl des Alten, Flasche und Glas auf einem Schemel neben sich. Finster brütend starrte er vor sich hin, er war keiner von denen, die durchs Trinken heiter werden. Gwenny zog sich lautlos zurück und legte sich mit den Kleidern auf ihr Bett. Heute fand sie es nur gut, daß es ein so hartes, schmales Bett war, und die Decken darauf alt und dünn. Sie brauchte keine Angst zu haben, daß sie einschlafen könnte, ohne es zu wollen.

Aber wie lange dauerte es, bis sie Schritte auf der Treppe hörte, und noch länger, bis es in der Kammer der Eheleute still wurde. Gwenny war schon krank vor Sorge, daß sie zu spät kommen würde. Sie konnte sich

nicht mehr klar erinnern, ob das Wunder sich um die Mitternachtsstunde begeben oder ob es die ganze Nacht währen würde.
Endlos, endlos das Warten – Mitternacht war sicher längst vorüber. Nein, jetzt! Ächzend und knarrend begann die alte Uhr im Hausflur die elfte Stunde zu schlagen. Danach war kein Laut mehr im Hause. Sie durfte es wagen.

12.

Lautlos, in Strümpfen, tastete Gwenny sich die Stiege hinab und durch das stockfinstere Haus. Immer wieder horchte sie; es regte sich nichts. Mit unendlicher Vorsicht öffnete sie die Küchentür, dann die Tür zur Waschküche. Erst hier erlaubte sie sich, Feuer zu schlagen und den Kerzenstummel auf dem Fensterbrett anzuzünden. Sie zog ihre Schuhe an und nahm ihren Umhang um, und nun war nur noch der Bolzen an der Außentür zurückzuziehen. Er war steif und kreischte gewöhnlich ein bißchen, aber sie hatte ihn gut eingefettet, und die Türangeln auch.
Leise nun, leise den Drücker heben – die Tür war offen – und ihn wieder sinken lassen, damit nur kein Klang hörbar würde.
Die Kerze ausblasen und hinaus: Gwenny frohlockte, es war gelungen.
Sie vergaß nicht, die Tür zu schließen, und dann gab es nichts mehr als das, was vor ihr lag. Wenige Schritte, und sie hatte den alten Grasgarten hinter sich. Die Nacht war schwarz und sehr kalt, das Unkraut raschelte

unter ihren Füßen, starr vom Reif. Hoch über ihr einige Sterne; kein Mond.

Ihre Augen gewöhnten sich an die Dunkelheit, sie konnte Büsche erkennen, einen hier, mehrere dort, bucklige Gestalten. Nirgends auch nur ein Glimmen. Eine furchtbare Enttäuschung überwältigte Gwenny. Es war also doch ein Märchen gewesen, eine Lüge –.

Aber warum hatte Mistress Thomas gerade an diesem Abend alle Fensterladen geschlossen – und hatte sie nicht so gut wie zugegeben, daß in Corwryon sich etwas Unheimliches begab, etwas, das nicht erwähnt werden durfte?

Nein, dachte Gwenny, es ist gewiß. Den Baum gibt es, Rhodri hat ihn mir gezeigt, und in dieser Nacht wird er brennen. Und wieder dachte sie, ich bin zu spät gekommen, es ist lang nach Mitternacht. Ich sollte ins Haus zurückgehen und mich schlafen legen; was stehe ich hier und hoffe auf ein Wunder? Und doch konnte sie sich nicht losreißen. Sie stand da in ihrer großen Betrübtheit und ließ den Kopf sinken, Finsternis ringsum, Finsternis draußen und drinnen.

Und wie sie so stand, trauernd um ihr Wunder, wurde sie sich langsam einer milden Helle bewußt, schwach nur, ganz schwach, und nun etwas stärker. Ah, dachte Gwenny. Der Mond, er geht doch noch auf. Aber – kein Mond, durchfuhr es sie. Das Wunder, mein Wunder!

Vor ihr der Baum, von ihm ging die Helle aus. Jeden Augenblick wuchs sie, wurde zum Glühen, wurde zum Leuchten, war lauteres Gold. O der Baum von Corwryon, flammend in der Winternacht, lebendig und licht, er stand in vollem Laube, und seine Blätter waren Feuerzungen.

Und er, der brannte, verbrannte nicht. Kein Knistern, kein Wispern der Flammen.
Gwenny sank auf die Knie. Es gab nichts als den flammenden Baum, er füllte Himmel und Erde. Ganz an das Wunder hingegeben verharrte sie, sie nahm teil daran, sie war lodernder Zweig, sie war golden und strahlend und voll Seligkeit.
Stunden verflogen; im Glanz und in der Glut des Baumes war sie wie gefeit. Und dann ein Nachlassen, ein Schwinden, ein Zurückweichen, ein kühler Luftzug zwischen ihr und dem Gold, dem Glühen. Unwillkürlich rutschte Gwenny vorwärts, auf erstarrten Knien. »Bleib, bleib«, flüsterte sie. Ach, es verließ sie doch. Sie kroch zu dem Baum hin. Zusehends schwand sein Licht, sie streckte die Hände aus und berührte das letzte Gold, bevor es erstarb – wurde ergriffen von andern Händen und hinübergezogen zu denen, die dort gewartet hatten. Ihr vergingen die Sinne.

Gwenny erwachte wie nach langem, tiefem Schlaf. Sie hob den Kopf von dem Kissen, auf dem er geruht hatte, und ließ den Blick wandern – alles, was er traf, war ihr völlig fremd. So fremd, daß sie sich jäh aufsetzte, um jede Einzelheit genau zu betrachten.
Sie befand sich in einem fast runden Gemach, nur ein Stück der Wand war gerade. Eine dunkle Öffnung gähnte darin, der Kamin. Er war von behauenen Steinen umgeben; der oberste in der Mitte trug ein Wappen.
Auch die Wände waren aus Stein, dunkel und rauh. Viel war von ihnen nicht zu sehen, schwere wollene Behänge reichten von der Decke bis zum Boden. Sie waren so verblichen, daß es schwer zu sagen war, wel-

che Farbe, welches Muster sie einst gehabt hatten, nur in ihren Falten verbarg sich wohl noch ein Rest von Blau, eine Spur von Grün, der Umriß von Blatt oder Blüte.
Zwei Fensterschlitze ziemlich hoch oben im Gemäuer ließen ein wenig Licht herein – wenn dieser graue Schein Licht zu nennen war. Vielleicht war es die Dämmerung, aber ob ihr der Tag folgen würde oder die Nacht, war nicht zu erraten. Nichts wies darauf hin, kein Hahnengeschrei, kein Eulenruf noch sonst eins von den Geräuschen, die das Erwachen des Tages und seinen Niedergang begleiten.
Außer dem Bett, auf dem Gwenny lag, gab es noch eine riesige Truhe, einen Stuhl aus fast schwarzem Holz und ein paar Schemel – und jetzt erst bemerkte sie, daß sie nicht allein in diesem Raum war. Am Fußende des Bettes saß eine schmale, schattenhafte Gestalt, die eines Mädchens oder einer ganz jungen Frau; hatte sie die Schläferin bewacht? Sie wußte, daß Gwenny sie entdeckt hatte, aber sie regte sich nicht. Sie richtete nur die großen, dunklen Augen auf Gwenny. Sie sahen einander an, fragend der Blick der einen, still wie das Wasser eines tiefen Brunnens der Blick der anderen.
Nun erhob sie sich, trat einen Schritt näher und nahm Gwennys Hand in die ihre. Wie kühl ihre Finger waren! Kein Wunder, es war kalt in diesem Gemäuer. Im Kamin war wohl lange kein Feuer angezündet worden, nur ein Häufchen toter Asche lag darin.
»Ich bin Eiluned«, sagte das blasse Wesen. »Und du?«
Gwenny antwortete nicht sogleich, sie nahm die dünnen weißen Finger zwischen ihre eigenen und sagte: »Dir ist kalt.«

»Ja«, flüsterte Eiluned, »kalt...« Und Gwenny fragte: »Wo bin ich denn?«
»Du bist in Corwyryon.«
Corwyryon sagte sie, es klang so ähnlich wie Corwryon, und als sie den Namen hörte, wußte Gwenny wieder, was geschehen war: Der Baum, flammend und leuchtend in der Winternacht, und sie selber vor ihm auf dem bereiften Boden. Lange Stunden, Augenblicke? Sie wußte es nicht, nur, daß sie nach seinem Glanz, nach seiner Herrlichkeit gegriffen hatte, um festzuhalten, was entschwinden wollte. Fremde Hände hatten sie erfaßt und durch das Tor gezogen – sie begriff es jetzt, der Baum war ein Tor gewesen, ein flammender Bogen. Warum hatte sie es nicht gleich erkannt? »Ich hätte hindurchgehen müssen«, sann sie halblaut vor sich hin, »aber wie sollte ich das wissen?«
»Beinahe wäre es zu spät gewesen«, sagte Eiluned ebenso leise, »erst als du die Hände ausstrecktest, wußten wir, daß du kommen wolltest. Und nun bist du hier, bei uns.«
»In Corwyryon – aber was bedeutet das, und wer bist du?«
Eiluned setzte sich auf den Rand des Bettes, sie legte ihre Hand auf Gwennys Schulter. »Es ist eine lange Geschichte, und du sollst sie hören, aber nicht jetzt. Ich meine, du solltest zuerst Corwyryon sehen, unsere Stadt. Ich will sie dir zeigen. Ist es dir recht?«
»Laß mich aufstehen«, sagte Gwenny und schwang ihre Füße aus dem Bett. »Ach, meine Schuhe«, rief sie, als sie die kalten Steinplatten unter ihren Sohlen fühlte.
Eiluned reichte sie ihr. »Ich selber habe sie dir von den Füßen gezogen, nachdem wir dich hierhergebracht hatten«, lächelte sie.

Gwenny trat hinein und schaute dabei auf Eiluneds Schuhe. Aus einem weichen Stoff gefertigt, legten sie sich um die Füße wie Strümpfe; wollte sie damit auf die Straße gehen? Dann blickte sie sich nach einem Spiegel um; es gab keinen. Sie strich über ihr Haar, sicher war es nicht mehr glatt und ordentlich. Aber Eiluned wartete schon bei der Tür. Mochte es hingehen, die Flechten lagen noch fest genug. Da war ja auch ihr Tuch, sie legte es über die Schultern und knotete es neu. Ihr Umhang lag sauber gefaltet auf einem der Schemel, sie wollte danach greifen, aber Eiluned meinte: »Laß ihn hier, du brauchst ihn nicht.«
»Aber es ist Winter«, wendete Gwenny ein.
»Hier ist weder Winter noch Sommer«, gab Eiluned zurück.
Bestürzt blieb Gwenny stehen. Wohin war sie gekommen – an einen Ort, der weder Winter noch Sommer hatte? »Eiluned«, begann sie, aber das blasse Mädchen hob abwehrend die Hand. »Geduld«, bat sie, »hab noch eine kleine Zeit Geduld. Bald wirst du alles verstehen. Komm jetzt, Gwenny.«
Die schwere Tür öffnend ging sie voraus, Gwenny folgte ihr – nicht ganz auf dem Fuße, denn vor ihr schleppte der Saum eines langen Gewandes über den Boden. Es ging ein paar steinerne Stufen hinab, dann unter einem Bogen durch eine weite Halle, deren mächtiges Tor offenstand. Davor lag ein kleiner Hof.
Gwenny atmete auf, sie war doch wieder im Freien und froh, den düsteren, kalten Mauern entronnen zu sein. Wenn es auch ein grauer Tag war, sie war doch froh.
Tag? Sie blickte zum Himmel auf, sah aber nichts als das fahle, lichtlose Grau. Nebel, dachte sie enttäuscht.

Nun ja, es war Winter. Und ihr fiel ein, daß es hier weder Winter noch Sommer geben sollte. Ein Frösteln überschlich sie. Nur dies? Immer nur dies?
Eiluned wartete bei einem hohen, finsteren Gewölbe, dem Haupttor der Burg. Es öffnete sich auf einen viel größeren Hof, hohe, starke Mauern umgaben ihn, eingebaute Kammern unter Bogen, Stallgebäude in Winkeln, Wehrtürme darüber. Aber das alles war leer, verlassen, es zeigte sich kein Mensch, nicht einmal der Torhüter. Sie brauchten ihn auch nicht, die Zugbrücke war niedergelassen, die Mädchen konnten ungehindert hinübergehen.
Und doch zögerte Eiluned, verhielt den Schritt und zwang dadurch ihre Begleiterin, stehenzubleiben.
»Du wirst dich nicht fürchten?« flüsterte sie eindringlich. »Was du auch siehst, es darf dich nicht betrüben!«
»Ist es betrüblich?« fragte Gwenny zurück. Auch sie sprach leise, als ob sie ein Geheimnis teilten.
»Ja, es ist...« Eiluned brach ab. Sie begann von neuem, etwas lauter: »Aber nun bist du gekommen. Es wird nicht lange mehr so sein.«
Gwenny dachte: Was meint sie damit, jetzt bist du gekommen? Wozu bin ich hier, was erwartet sie?
Aber sie sollte ja Geduld haben, also schwieg sie.
Zunächst war da ein freier Fleck, dann ein kurzer Weg, den nichts einengte, nicht einmal etwas Buschwerk. Sehr bald gingen sie zwischen Häusern, dicht aneinandergedrängten, schmalen Häusern mit Giebeln und buckligen Dächern. Die Gasse senkte sich leicht und mündete in einen Marktplatz; eine Kirche erhob sich auf der einen Seite, auf den anderen drei waren die Gebäude stattlicher als die in den Gassen. Hier begegneten ihnen Bewohner der Stadt, Frauen und Männer,

ein Kind oder zwei: Sie standen still, sobald sie die Mädchen gewahrten. Niemand grüßte sie, doch wußte Gwenny, daß sie ihnen nachstarrten, als sie vorüber waren, und daß einige ihnen folgten. Keine Stimme wurde laut, kein Pferdehuf, kein Rollen von Rädern war zu hören. Wie auch aus keinem Schornstein Rauch aufstieg, wie auch nicht ein blankes Fenster zu sehen war, und über allem, um alles herum das fahle, bedrückende Grau.
Die lichtlose Stadt, Corwyryon.
Eiluned führte sie durch die Gassen, ließ sie in Höfe schauen, in Winkel, in Werkstätten. Überall war es das gleiche. Gwenny ertrug es nicht mehr.
»Laß uns umkehren, Eiluned«, bat sie.
Sie waren an der Stadtmauer, gerade bei einem der Tore. Es war geschlossen, mächtige Eisenbarren lagen vor den rissigen, mit Nägeln beschlagenen Planken. Schwere Schlösser schienen dafür zu stehen, daß hier kein Ein und Aus mehr möglich sei. Ein Wächter lehnte in der Tornische; mit erloschenen Augen sah er vor sich hin.
»Und draußen?« fragte Gwenny beklommen.
Eiluned entgegnete: »Es gibt kein Draußen.« Und da Gwenny stumm vor ihr stand, nahm sie ihre Hand. Sie fragte zaghaft: »Graut dir sehr?«
Gwenny antwortete nicht darauf. Eine große Angst stieg in ihr hoch, aber sie zwang sie nieder.
»Wo sind wir denn, Eiluned – wo?«
Eiluned fragte zurück: »Was liegt unterhalb der Anhöhe, auf der unser Baum steht?«
»Ein Sumpf.«
»Wir sind unter dem Sumpf.«
Gwenny schlug die Hände vors Gesicht, ließ sie wie-

der fallen und rief: »Wie soll ich das verstehen? Alles, was du mir sagst, alles, was du mir zeigst – wie es glauben? Ach, wenn es doch nur ein bißchen Sonnenschein gäbe und eine kleine Bank, auf der wir sitzen könnten, und du erklärtest mir ...«
»Es ist viele hundert Jahre her, seit die Sonne Corwyryon zum letztenmal sah«, murmelte Eiluned. »Da ist noch eines, das ich dir zeigen muß, und dann sollst du hören, was uns befallen hat, und warum. Komm, wir gehen zurück zur Burg.«
Unterwegs sprachen sie kaum, nur als sie durch das Burgtor gingen, bemerkte Eiluned: »Was du jetzt sehen wirst, ist das Seltsamste von allem.«
Sie stiegen hinauf zum Söller, und Eiluned führte sie in ein Gemach dicht dabei. Mitten darin stand, etwas erhöht, eine Bahre oder ein Lager, und darauf, im Dämmerschein kaum erkennbar, die Gestalt einer Frau. Nur ihr Gesicht und die weißen Hände waren sichtbar; kostbare Decken verhüllten die Gestalt. Sie lag so still wie ein Bild aus Stein.
»Das ist Dilys«, flüsterte Eiluned.
»Ist sie tot?«
»Nein, sie schläft. Sie schläft, seit Corwyryon versank, und wir wissen nicht, ob sie je erwachen wird.«
Gwenny konnte den Blick nicht von dem stillen, bleichen Gesicht wenden. Nie hatte sie ein so zartes und bei aller Zartheit so hoheitsvolles Gesicht gesehen. Um Stirn und Wangen lag weißes Leinen: es war nicht weißer als sie. Gwenny wünschte nichts so sehr, als daß die Augen sich öffnen, der Mund lächeln, die schönen Hände sich regen möchten – und daß sie Dilys' Stimme hören dürfte.
Nur Eiluned sprach. »Gehen wir in den Söller, Gwenny.

Ich weiß nicht, wieviel Zeit wir haben, und ich muß dir noch alles sagen.« Und da Gwenny noch einen langen, langen Blick zu der Schlafenden zurückwarf, versprach sie, daß die Tür zu Dilys' Gemach ihr nie verschlossen sein sollte. »Ich bin ihre Hüterin«, erklärte sie, »und du darfst bei ihr sein, sooft du willst, zusammen mit mir und auch ohne mich. Aber jetzt mußt du mir zuhören.«

13.

Im Söller saßen sie einander gegenüber, Eiluned auf einer Art Bank, deren Rückwand sich wie ein kleines Dach nach vorn bog, und Gwenny auf dem Fenstersitz. Es saß sich gut da, denn er war breit und tief, die Mauer hinter ihm und die beiden Enden hatten ein Getäfel aus dunklem Eichenholz. Das gleiche Holz, schön geglättet, deckte auch den Sitz.
Eiluned zögerte noch, ihre Finger machten sich mit ihren langen Flechten zu schaffen. Dann seufzte sie tief und begann ihre schwere Aufgabe. Corwyryon erstand vor Gwenny, wie es einst gewesen war, die rührige Stadt voller Leben und Geschäftigkeit: »Zuerst nicht reich, aber der Wohlstand war bei uns zu Hause; wir mehrten ihn durch Kunstfertigkeit und Fleiß, durch Klugheit im Handel. Der Fluß half uns dabei, unser Fluß am Fuß des Hügels, er trug unsere Schiffe zum Meer, brachte sie wieder heim, beladen mit Gütern –
»Es ist kein Fluß dort, wo ich war«, warf Gwenny ein.
»Nein«, bestätigte Eiluned. »Auch ihn hat der Fluch getroffen.«
»Er fließt nun unten an eurer Stadtmauer?«

»Das weiß ich nicht. Ich weiß nicht, ob er überhaupt noch fließen konnte, nachdem der Fluch Corwyryon versenkte. Was blieb, war der Sumpf.«
»Und dieser Fluch, Eiluned?«
»Ich komme zu ihm, hab Geduld. – Es ging uns sehr gut, vielleicht zu gut, Gwenny. Mein Vater war der Burgvogt hier, ein harter Mann, aber nicht ungerecht, meine vier Brüder jung und übermütig, wild sogar. Einer fuhr auf eigenem Schiff zur See; die anderen drei übten sich im Waffenspiel, tranken und prahlten, ritten auf die Jagd – es gab hohe Heiden ringsum, viel Wild. Gibt es das noch, Gwenny?«
»Die Heiden hoch oben auf den Hügeln gibt es wohl noch, weiter unten ist Weideland für Schafe und schwarzes Vieh«, berichtete Gwenny, »aber Wild? Gewiß nicht mehr viel. Ich sah dergleichen nie, aber ich war meist im Haus bei der Arbeit.«
»Das mußt du mir erzählen – wie man heute lebt, da oben«, lächelte Eiluned wehmütig. Sie fuhr fort, von ihren Brüdern zu erzählen, die nicht als Knaben fortgeschickt worden waren, um das Waffenhandwerk zu erlernen, nach altem Brauch. Das war ein Übel, denn im Gefolge anderer Burgherren hätten sie sich vielerlei aneignen können, das aus jungen Wildfängen rechte Männer macht. Später paßte es dem Burgvogt auch, sie als Hauptleute neben sich zu haben, sie und die Söldner. Denn er war sehr reich geworden, seine Bürger auch, die Stadt mußte wohl behütet werden.
Sie war es, ihr Handel gedieh, aber nur dies wuchs: Nur der Besitz und die Freude am Besitz. Bald nicht mehr Freude, sondern Gier.
»Unsere Bürger gingen in feinem Tuch und Pelzwerk«, erinnerte sich Eiluned, »ihre Frauen trugen feinstes Lin-

nen und Mäntel mit handbreiten Säumen, mit goldenen Borten besetzt. Selbst die kleinen Leute hatten reichlich von allem. Aber der Priester in der Kirche schalt sie, arm und reich, er warf ihnen Hochmut vor und warnte sie. Hochmut und Üppigkeit verhärte die Herzen, er sagte es wieder und wieder.«

Der fromme Mann hatte recht, aber sie hörten nicht auf ihn. Sie gingen ihren Weg, und seine Kirche blieb leer. So standen die Dinge, als der Fremde kam: »Er kam in meines Bruders Schiff. Mein Bruder brachte ihn zu uns und sagte heimlich, er sei ein Mann von großen Gaben, mit andern Kräften, als den meisten Menschen gegeben seien. Und er sei weit in der Welt gewesen, sogar im Morgenland. So sah er auch aus – ein hoher, hagerer Mann in fremdländischer Tracht, von anderem Schlag als wir. Er nannte sich Zennor; wir haben nie erfahren, ob es wirklich sein Name war.«

Eiluned sann eine Weile. Dann: »Ja, ein braunes Gesicht, scharf und kühn, aber mit tiefen Falten von den Nasenflügeln zu den Mundwinkeln hinunter; ein bitteres Gesicht. Helle Augen, ganz helle Augen; sein Haar war schwarz, schon mit viel Weiß dazwischen. Mein Vater sprach lange mit ihm und sagte am Ende, er solle bleiben. Er wollte ihm ein Haus überlassen, hier in der Stadt. Aber Zennor zog es vor, in der alten Burg zu leben, das heißt, nur ein Turm stand noch. Den erbat er sich und zog hinein.«

»Noch eine Burg?« fragte Gwenny erstaunt.

»Ja, die früheste. Sie war schon da, bevor Corwyryon erbaut wurde. Sie wurde zerstört, nur der Turm blieb erhalten.«

Gwenny saß etwas vorgebeugt, mit glänzenden Augen und geröteten Wangen, ganz wie ein Kind, dem man

Märchen erzählt. Ein Fremder kam an, stieg aus dem Schiff ans Land, ein Meister geheimer Künste; er zog in einen uralten Turm – »Oh, war er ein Zauberer?« rief sie.
»Gwenny, Gwenny, bist du wie sie alle?« rügte Eiluned. »Genauso ein Gerücht flog durch die Stadt, lauter wildes Zeug. Daß er geringes Erz in Gold verwandeln könnte, daß er ungeheure Reichtümer mitgeführt, sie in tiefer Nacht in den Turm geschafft und dort vergraben hätte, und dergleichen mehr. Bald hieß es, daß er Geister beschwören könnte: Nachts wollte man ihn auf seiner hohen Warte gesehen haben – gehört haben, daß er fremde Worte ins Dunkel rief. Wem rief er, wenn nicht den Geistern? Was trieb er, ganz allein in seinem Turm, warum ließ er niemanden hinein, warum lebte er nicht in der Stadt wie andere Leute?«
»So sind sie«, nickte Gwenny. »Mir haben sie's auch immer gesagt, ich sollte bleiben, in Dörfern, in Städten, wo sie alle dicht beieinander hocken. Aber für jeden ist das nichts. – Hast du geglaubt, Eiluned, was sie über ihn schwatzten?«
»Über Zennor? Etwas vielleicht. Nicht richtig geglaubt, nur mich gewundert, ob etwas Wahres daran sein könnte. Aber da war Dilys schon bei uns, die ließ solches Geschwätz nicht zu. Du mußt wissen, Gwenny, daß meine Mutter gestorben ist, als ich noch ein Kind war. Mein Vater holte Dilys zu uns, damit ich nicht allein unter Mägden aufwüchse. Dilys – sehr weise und gut, und nicht nur gut, sondern voll Güte. Ich glaube, sie hat Zennor nahegestanden, wenn irgendein Mensch das konnte.«
»Und dann?« fragte Gwenny gebannt, ein Kind, das das Ende der Geschichte kaum erwarten konnte.

»Dann –«, Eiluned holte tief Atem, »ach Gwenny, es ist so schrecklich. Meine Brüder, die drei, die hier waren, es gelüstete sie nach den Reichtümern, die Zennor im Turm verborgen hielt – wie sie glaubten. Noch mehr gelüstete es sie nach dem Geheimnis des Goldmachens, nach all seinen Geheimnissen und Zauberkräften. Es war noch ein vierter dabei, ein Vetter, der zu meinem Vater geflüchtet war; es hatte mit einer Blutrache zu tun.

Zennor lebte doch nun schon einige Jahre in Corwyryon, aber nie hatte er Anzeichen von großem Reichtum gegeben, und, soviel ich weiß, auch von übernatürlichen Künsten nicht. Und mein Vater krank, der konnte ihn nicht schützen, mein armer Vater, er lag auf den Tod!« Eiluned erschauerte, sie verbarg ihr Gesicht in den Händen; Gwenny setzte sich zu ihr und umschlang sie fest mit den Armen. Und auch als Eiluned sich gefaßt hatte, blieb sie und hielt ihre Hand. Es war grauenvoll, was nun noch kam, und es waren ihre eigenen Brüder, von denen Eiluned es sagen mußte: Wie die Unholde sich des Mannes im Turm bemächtigt hatten, ihn banden und mit Drohungen dazu bringen wollten, ihnen das Versteck seiner Schätze zu verraten, seine Zauberformeln, seinen geheimen Künste. »Er konnte es nicht, denn er hatte weder Schätze noch Zauberformeln. Er sagte die Wahrheit: Gold aus Blei zu machen, sei ihm nie gelungen. Sie glaubten ihm nicht, sie meinten, er wolle sie hinters Licht führen, aber er blieb dabei. Das machte sie wild vor Wut, er sollte gestehen, mußte zum Gestehen gebracht werden, und da er schwieg, fingen sie an, ihn zu peinigen. Das war ihre Kunst. Tagelang quälten sie ihn, aber er gab nichts preis. Er hatte nichts preiszugeben.«

Eiluned saß mit starren, trockenen Augen. »Sie taten es nicht heimlich«, sagte sie bitter, »sie streuten in der Stadt aus, daß Zennor Schlimmes mit Corwyryon im Sinn gehabt hätte, daß er Krankheit und Elend und böse Geister über uns alle hätte bringen wollen, und so entbrannte ein großer Haß auf Zennor. Unser Priester war nach Bangor gegangen, um beim Bischof Klage zu führen wegen seiner leeren Kirche und wegen der Abgaben, die niemand mehr entrichtete, aber wäre er auch bei uns gewesen, er hätte doch nichts ausgerichtet. Er war ein guter Mann, aber schwach. Dilys und ich waren um meinen Vater, Tag und Nacht, jede Stunde konnte seine letzte sein. Wir hörten einen Tumult, alles strömte hin zum Turm, denn Zennor sollte seiner Verbrechen wegen hingerichtet werden. Eine Magd rief es uns zu, die lief den andern nach. Dilys sagte, daß sie hin müsse und es verhüten, wenn es möglich wäre: ›Hast du Angst, Kind, wenn ich dich mit dem Vater allein lasse?‹ – ›Nein‹, rief ich, ›nein‹ – sie solle eilen, eilen –.
Sie war fort, und im nächsten Augenblick tat mein Vater den letzten Atemzug. Ich schloß ihm die Augen und weinte um ihn, um alles . . .«
Sie war erschöpft und schwieg lange. Gwenny hätte ihr so gern geholfen, aber es gab keine Hilfe, auch das Schlimmste mußte nun berichtet werden.
Eiluned bot ihre letzten Kräfte auf und sprach weiter, schnell, fast unhörbar: »Sie hatten ihn oben auf den Turm geschleppt, er konnte nicht mehr stehen, sie hielten ihn aufrecht, so daß die Menge unten ihn sehen konnte. Sie schrien: ›Soll Zennor sterben, der Zauberer, der Schwarzkünstler?‹ Und alle, alle, die da unten standen, riefen zurück: ›Ja!‹

Aber Zennor hatte noch eine Kraft, von der sie nichts wußten, an die sie nie gedacht hätten, und die gebrauchte er jetzt, Corwyryon zu verfluchen, Mann, Frau und Kind: ›In den tiefsten Grund sollst du sinken, Corwyryon, auf tausend Jahre und in alle Ewigkeit! Ihr sollt nicht leben können und nicht sterben dürfen, Bürger von Corwyryon – eure Stadt euer Grab –‹
Der Rest war nicht zu hören, so laut brüllten sie vor Grimm und Haß. Aber meine Brüder und der vierte lachten und höhnten ihn: ›Du kannst ja fliegen, Zauberer! So fliege!‹ und sie schwangen ihn, schleuderten ihn – schleuderten ihn über die Brüstung in die Tiefe.«

14.

Gwenny zog die Luft ein, mit einem plötzlichen, scharfen Laut, als zerrisse dünnes Leinen. Sie preßte aber sogleich die Hand auf ihren Mund, wie um einen Schrei zurückzuhalten, denn Eiluned war noch nicht am Ende. »Das alles weiß ich von Dilys, die gerade hinzukam, als Zennor seinen Fluch tat; sie sah ihn stürzen. Dilys schrie nicht mit den andern, noch stand sie erstarrt – sie mußte zu Zennor hin. Wie sie hinuntergekommen ist, weiß ich nicht, Turm und Felsen sind auf der Seite eins, unten der Fluß und das schroffe Gestein. Dort fand sie Zennor; er lebte noch, er erkannte sie. Und Dilys bat, flehte, beschwor ihn, den Fluch zurückzunehmen, aber das konnte er nicht. Dilys sollte fliehen, sagte er, weit fort, jetzt, jetzt, noch in diesem Augenblick. Dilys tat einen Schwur: Daß sie bleiben würde und das Geschick Corwyryons teilen, was

immer es sei. Und sie bat noch einmal: ›Kannst du den Fluch nicht aufheben, Zennor, dann kannst du ihn doch mildern. Um meinetwillen, Zennor, denn du weißt, ich bin schuldlos.‹ Und er stöhnte in großer Qual, aber endlich sagte er: ›Wenn ein Mensch kommt, der nichts besitzt und nichts begehrt, dann kann Corwyryon erlöst werden.‹ Seine letzten Worte waren: ›Aber stellen wir doch eine Leuchte hin, daß er uns finde!‹ Sein Kopf fiel zur Seite, er hatte ausgelitten.
Dilys ging hin und holte einige von unsern Knechten, die gruben ihm das Grab und legten den armen, zerbrochenen Leib hinein. Sie deckten ihn zu und rollten zuletzt große Steine herbei, das Grab zu schützen, wie Dilys es befahl. Als das alles getan war, gingen sie zurück in die Stadt, in eine seltsam geteilte Stadt. Denn es war so, daß die meisten Leute Zennor spotteten und über seinen Fluch lachten. ›Seht doch‹, sagten sie zueinander, ›es ist nichts geschehen, hier sind wir, hier ist unsere Stadt wie immer. Er hatte das Wort, dieser Zennor, aber nicht die Macht.‹
Die andern aber waren voll Angst, und mit diesen sprach Dilys. Einige von ihnen waren klug und wußten von geheimen Dingen, mit denen beriet sie sich. Eine alte Frau glaubte sich zu erinnern, daß ein Baum zur Leuchte werden könnte, ein lebender Baum: ›Hilf du mir nur die Worte finden, Dilys, denn du hast die Kraft.‹ Dilys wußte das nicht, aber sie saß die ganze Nacht mit der weisen Alten und half ihr graben, als wäre die Erinnerung ein verwilderter Acker, und sie fanden das eine und dann das andere: Worte in bestimmter Ordnung und die Handlungen, die sie begleiten mußten, und sie entschieden, wer die Aufgabe haben sollte, alles auszuführen. Zuletzt sagte

die weise Frau: ›Und nun das Wichtigste. Wer wird der Leuchtgeist sein?‹
Dilys dachte an Zennors letzte Worte: ›Stellen wir doch eine Leuchte hin –‹
Wir. Hatte er es so gemeint? Wir beide, ich und du? Zennor war tot, sie war geblieben. Sie neigte den Kopf und nahm es auf sich. Die alte Frau nickte, als ob sie es erwartet hätte.
Danach kam sie zu mir und sagte mir alles. Sie lehrte mich die Worte und alles, was nötig war: ›Du mußt es hüten, Eiluned, und hüte es gut! Es ist unsere einzige Hoffnung.‹ Sie hieß mich schwören, mit der Hand auf der Brust meines Vaters.
Die andern, die an den Fluch nicht glaubten, feierten ein Fest in dieser Nacht und tranken, bis sie sinnlos unter den Tischen lagen. Unten in der Küche lärmten und kreischten die Dienstleute, sie waren wohl von allen guten Geistern verlassen. Dilys und ich hielten die Totenwache bei meinem Vater.« Eiluned erhob sich und zog auch Gwenny in die Höhe. »Komm mit mir.«
Durch Gänge und Gemächer, über verwinkelte kleine Treppen führte sie Gwenny zu einem der andern Türme. Eine Tür war nur angelehnt, innen hing ein schwerer Vorhang, den hob Eiluned und ließ Gwenny eintreten. »Hier ruht er«, sagte sie. »Er hat es gut.«
Ja, hier ruhte er auf seinem letzten Lager, der Burgvogt von Corwyryon. Keine Erde deckte ihn, nur weiße Laken und sein großer Schild.
»Am nächsten Morgen«, schloß Eiluned ihren Bericht, »erwachten die Leute und wunderten sich, daß es so dunkel war. Sie traten aus ihren Häusern und blickten zum Himmel auf, aber da war kein Himmel. Nur dieses Grau. Die Sonne würde bald durchkommen, meinten

sie. Aber da war keine Sonne. Und sie liefen zur Stadtmauer und wollten von oben ins Land schauen, aber da war kein Land. Nur das Grau.«

Sie nahm Gwennys Hand: »Kalt wie unsere Hände«, sagte sie traurig. »Leg dich jetzt zur Ruhe, du mußt sehr müde sein.«

»Und du?«

»Ich bringe dich zu dem Raum hin, in dem du aufgewacht bist, dann sehe ich noch einmal nach Dilys.«

»Und danach gehst du auch schlafen?«

»Ich auch. Was wir schlafen nennen, in Corwyryon.«

Leicht war es nicht, in Corwyryon einzuschlafen. Es war viel zuviel über Gwenny hereingestürzt, seit sie aus ihrer Kammer schlich, um das Wunder zu sehen, den flammenden Baum. Zum erstenmal in ihrem Leben war sie sterbensmüde, dennoch hatte sie sich nie so wach gefühlt. Überwach: Alles, was sie erfahren und gehört hatte, fügte sich zu grauenhaften und unauslöschlichen Bildern; je fester sie ihre Augen schloß, desto klarer und eindringlicher standen sie vor ihr. Nicht die blassen Schatten von Menschen, die sie hier gefunden hatte, sondern übermenschlich große Gestalten, gewaltsam und gnadenlos.

Gwenny hatte oft Schauermärchen gehört, aber dies war das Grauen selber. Sie fragte sich, wie sie es bestehen werde. Denn bestehen mußte sie es.

Wenn es doch wirklich dunkel wäre! Wurde es denn nie Nacht in Corwyryon? Es mußte doch Nacht werden, tiefdunkle Nacht, bevor der Morgen kommen konnte. Der helle Morgen, den Eiluned herbeisehnte. Und alle die anderen...

Gwenny dämmerte ein, aber immer wieder riß es ihr die Lider hoch. Sehen, sehen, den neuen Tag sehen –

er mußte ja erscheinen, da sie, Gwenny, den Weg hierher gefunden hatte.
Wie hieß die Bedingung? Wenn ein Mensch kommt, der nichts besitzt und nichts begehrt: das war sie, und sie war es immer gewesen. Nicht einmal ihr altes Feuerzeug besaß sie noch, nicht einmal den Kamm aus Horn. Und doch hatte ihre Ankunft den Fluch nicht gebrochen. Sie war wohl doch nicht die Rechte. Rund und rund ging es hinter ihrer Stirn, sie war nicht die Rechte, und diese armen, unseligen Menschen erwarteten die Erlösung von ihr.
»Morgen«, hatte Eiluned geflüstert, ehe sie den runden Raum verließ, »morgen wachen wir vielleicht zu Sonnenschein auf –«
Corwyryon wachte zu demselben fahlen Grau auf, das alle seine Tage trugen.
Gwenny suchte Eiluned auf und fand sie im Söller, untätig, die Hände im Schoß. »Es ist nichts geschehen«, sagte sie. »Was nun?«
Eiluned hob die schmalen Schultern und ließ sie wieder sinken, eine unsäglich ergebene Gebärde.
»Wir warten weiter«, gab sie zurück. Und dann, in etwas festerem Ton: »Wir hoffen.«
Beinah verzweifelt rief Gwenny: »Das habt ihr getan, sooft der Baum brannte!«
»Ja, gewiß. Aber seit gestern hoffen wir anders.«
Das war es eben, was auf Gwenny lastete. Was sagte Eiluned noch – Zeuge sei sie selbst, ihre bloße Anwesenheit hier? Sie schüttelte den Kopf, aber Eiluned blieb dabei, sie sei da, und das habe etwas zu bedeuten.
»Ich glaube, ich bin rein aus Versehen zu euch gekommen«, sagte Gwenny bedrückt.

Sie grübelte weiter, aber es war wie in der Nacht, ihre Gedanken liefen im Kreise, sie fand keine Lösung. Da gab sie es auf und ging zu Eiluned, die sie an Dilys' Lager vermutete, und da saß sie auch. Sie legte den Finger auf die Lippen, als sie Gwenny sah, erhob sich lautlos und kam zu ihr herüber. »Leise«, flüsterte sie und trat mit ihr in den Gang hinaus, »sie spricht im Schlaf! Ist etwas, Gwenny?«
»Nein. Nur würde ich gern zu den Leuten gehn, darf ich das?«
Eiluned erwiderte, sie dürfe alles. Sie selber könne sie nicht begleiten: »Du verstehst, mein Platz ist hier. Wenn Dilys erwachen sollte ...«
Es war offenbar, sie erwartete weitere Wunder. »Oder möchtest du, daß ich bleibe?« fragte Gwenny.
»Nein, geh nur. Du bist es noch nicht gewöhnt, untätig zu sein wie wir.«
Eine sehr nachdenkliche Gwenny ging den Burgpfad hinab, die Gasse entlang. »Noch nicht gewöhnt«, hatte Eiluned gesagt – meinte sie damit, daß Gwenny lange genug hier bleiben würde, sich an dieses Dasein zu gewöhnen? Gwenny zog die Stirn kraus. Ich nicht, dachte sie. Gewiß, jetzt eben gehöre ich hierher, aber doch nicht auf lange! Mich hat kein Fluch getroffen, ich stehe unter keinem Bann. Oder doch? Bin ich nun mit hineingeschlossen, weil ich unter dem flammenden Baum durchging – auf die andere Seite?
Ihr wurde bewußt, daß sie nicht gegessen noch getrunken hatte, seit sie hier weilte, und daß sie auch kein Verlangen nach Speise und Trank verspürte. Eiluned hatte dergleichen auch nicht erwähnt, ihr nichts angeboten; ob sie denn schon ein Schatten war, wie die anderen? Es war kein willkommener Gedanke. Das

Grau ringsum kam ihr nun dichter vor, es schien sich enger um sie zu ziehen. »Unsinn«, sagte sie heftig. »Überdies, auf und ab im Lande droben heißt es – Gwenny, ja, aber sie bleibt nicht. So werde ich auch hier nicht bleiben. Nur muß ich zuerst tun, was getan werden muß. Wenn ich nur wüßte, was!«

Unterdessen war sie bis auf den Marktplatz gekommen. Wenige Menschen waren ihr begegnet, auch hier auf dem Markt war kaum jemand zu erblicken. Ein Mann, der wie ein Bettler aussah, hockte bei der Kirchentür, Gwenny grüßte ihn. Er antwortete nicht.

Sie ging weiter. Eine Frau am Fenster, Gwenny lächelte ihr zu, sie starrte ausdruckslos zurück. Zwei Mädchen: Gwenny versuchte, sie anzureden, sie gewann nichts als einen halb ängstlichen, halb fragenden Blick aus umschatteten Augen. Kleine Knäuel von Kindern, die vor ihr zurückwichen.

Nach und nach erschienen mehr Leute in den Gassen. Zog sie etwas aus den Häusern? Einige gingen mit kleinem Abstand hinter ihr, als ob sie sie begleiten möchten, andere standen weiter vorn beieinander, bis sie nah herangekommen war, dann traten sie aus dem Weg. Jede ihrer Bewegungen war schlaff, langsam, ziellos, wie Wassergräser, die in einem Fluß hin und her schwanken. Was sie noch an Leben hatten, war in ihren Augen.

Gwenny ertrug es nicht lange, sie ging zur Burg zurück. Sie setzte sich in den Söller; ein wenig heller, meinte sie, war es dort. Eiluned kam auf einen Augenblick zu ihr, weniger schattenhaft als die Leute da unten. Etwas schien sie zu heben, zu tragen. Sie sah Gwenny forschend an. »Du bist betrübt«, sagte sie.

Gwenny gab es zu. »Ich kann sie nicht erreichen, sie

weichen mir aus. Wie kann ich etwas für sie tun, wenn sie mir ausweichen?«
Eiluned ging nicht darauf ein. »Ich muß zu Dilys«, sagte sie, »denn da begibt sich etwas – eine Wandlung, Gwenny. Sie spricht wirklich, ich habe mehr aufgefangen als unbestimmte Laute. Einmal etwas, das klang wie: ›Ein Kind! Ein Kind?‹ Und ihr Atem geht unruhiger. Gräm dich nicht um die Leute da unten. Wahrscheinlich sehen sie dich als eine Gestalt aus Träumen.«
»Träumt ihr denn?«
»O ja, sicherlich! Dilys träumt eben jetzt, das ist gewiß. Weißt du, ich glaube fast, sie hat dich uns herbeigeträumt.«
Gwenny blickte erstaunt auf. Sie, eine Traumgestalt? »Das sagst du wohl im Scherz«, meinte sie unsicher. Sie sah mit Bestürzung, wie es in dem Gesicht der anderen zu arbeiten begann. Was habe ich nur gesagt, dachte sie reuig. Dieses stille, weiße Gesicht – weiß war es noch, aber nicht mehr still. Plötzlich wußte sie, was in Eiluned vorging. Das Eis brach auf! All die eisige Verzweiflung wollte sich lösen, dahinschmelzen, fortgeschwemmt werden von frischeren Wassern.
»Oh, Gwenny«, sagte Eiluned, »im Scherz? Ein Scherz in Corwyryon? Das ist so ungeheuerlich – ich muß zu Dilys.« Es war beinah eine Flucht, so eilend verließ sie den Söller.

15.

Traumgestalt oder nicht, Gwenny fuhr fort, nach Corwyryon hinab- und in der Stadt umherzugehen. Wenigstens die Kinder wollte sie erreichen. Es war gar zu trostlos, nie ein spielendes Kind zu sehen, nie ein frohes Stimmchen zu hören. Sie hätte viel darum gegeben, wenn sie ein paar Jungen gefunden hätte, die sich stritten.

Diese Stadt, in der nie ein Hund bellte, ein Hahn krähte, eine Katze sich putzte, nie ein Kind den Spielgefährten nachsprang – sie lastete immer schwerer auf Gwenny. Manchmal war ihr, als sei sie gestorben, und ganz Corwyryon wuchte auf ihr, eine Grabplatte. Schwerer konnte keine sein. Sie ging zu Eiluned um Trost, sagte aber nichts von Last und Grabstein, sondern fragte, was denn aus allen Tieren geworden wäre, damals, als Corwyryon versank?

»Sie waren schuldlos«, erwiderte Eiluned, »sie durften sterben, wenn ihre natürliche Spanne Zeit zu Ende war. Sie sind wieder zu Erde geworden. Wir – haben sie beneidet, das weiß ich noch.«

Gwenny hätte gern noch einiges gefragt, aber sie sah, daß Eiluned den Sinn von andern Dingen voll hatte. Auch sie wollte etwas wissen.

»Gwenny, das ist doch ein Kindername, eine Abkürzung«, sagte sie. »Wie ist dein ganzer Name?«

Gwenny wußte es nicht, sie hatte nie einen anderen Namen gehabt.

»Könnte es Gwenllian sein«, drängte Eiluned. »Dilys murmelte heute so etwas wie ›Gwenllian – so nah...‹, und es sah aus, als ob sie sich aufrichten würde. Aber dann geschah doch nichts, sie war wieder still.«

»Vielleicht ist es ein Ort«, meinte Gwenny hilfsbereit.
»Nein, es ist ein Name, ein Mädchenname, das weiß ich genau.« Eiluned überlegte. »Wenn du bei ihr sitzen möchtest«, schlug sie vor, »und wenn sie es nochmals sagte, ihr sofort antworten: Hier bin ich, meinst du nicht, das würde sie zum Weiterreden bringen?«
Gwenny zauderte. »Ich will gern bei ihr sitzen und ihr auch antworten – aber wenn ich es dann nicht bin?«
»Diese Gwenllian, die sie im Schlaf sah? Das würden wir ja dann erfahren. Vielleicht sollte ich von jetzt an Gwenllian zu dir sagen, es könnte doch sein, daß sie es im Schlaf vernimmt. Ihr Schlaf ist so leicht jetzt, leicht wie ein Schleiertuch, scheint mir.«
Aber Gwenny war Gwenny und wollte es bleiben, und als Gwenny trat sie leise, leise an Dilys' Lager. Eiluned sollte gehen und sich eine Weile ausruhen, flüsterte sie.
»Ausruhen!« begehrte Eiluned auf. »Das ist wohl das einzige, das wir hier nicht nötig haben!«
»Ich meinte, von der Aufgabe«, lenkte Gwenny ein.
»Ich könnte es nicht. Nicht jetzt, da sie jeden Augenblick –«
Wirklich, dachte Gwenny, alles geht in Splitter. Ob sie sich je wieder zu einem Ganzen fügen werden? Und dann?
Dilys sprach nicht mehr an diesem Tag und auch am nächsten nicht. Sie erwachte nicht, sie regte sich nicht einmal. Nur war es den Mädchen öfters, als sähen sie Wolkenschatten über das starre Gesicht fliegen. Sie hätten sagen mögen, es sei bewegt.

Eiluned war um so unruhiger. Am Abend bat sie Gwenny, ihr das Haar zu kämmen: »Ich hatte früher eine alte Amme, die tat es immer, abends. Es beschwichtigte, und wie sanft ich dann einschlief. Willst du so gut sein? Ich weiß nur nicht, wo der Kamm sein mag, den mußt du suchen.«

Gwenny fand ihn bald, er lag in einer Schmucktruhe. Ein silberner Kamm mit kleinen Steinen geziert, so dunkel, sie hielt sie für schwarzes Glas. Aber dann sah sie, daß ein tiefes Rot darin schlief. »Wie schön«, sagte sie.

»Ja, Zennor brachte ihn mir zum Geschenk.« Eiluned sprach über ihre Schulter, denn sie saß bereit, mit dem Rücken zu Gwenny. Die fing an, ihr die langen, schweren Flechten zu lösen; sie bewunderte dabei laut das schöne Haar. Plötzlich rief Eiluned: »Gwenny! Wann hat jemand mir dies zum letztenmal getan?« Sie schlug die Hände vors Gesicht, ihre Schultern zuckten.

Gwenny schwieg, aber sie dachte um so mehr. Wie immer es um Corwyryon stehen mochte – hier oben regte sich etwas, kam in Bewegung, stand nicht mehr still. Dilys versuchte, im Schlaf zu reden, Eiluned konnte eilenden Schrittes gehen, sprach lebhafter, ließ sich das Haar lösen. Und nun schlug sie sogar die Hände vors Gesicht – Aprilwetter, dachte Gwenny, Regen und Sonnenschein und gleich darauf Hagel. Vielleicht kommt doch ein Mai. Sie nahm die reichen dunklen Strähnen in die Hand und zog den Kamm hindurch, sehr behutsam, wieder und wieder. Eiluned seufzte tief und bat: »Erzähl mir, Gwenny.«

»Was willst du hören – Märchen?«

»Nein. Etwas über dich selbst, wie du gelebt hast, bisher.«

Gwenny strählte und glättete, das schöne Haar begann zu glänzen. Nicht mehr so stumpf, sein Schwarz; es war ja auch ein Jammer, wie leblos es geworden war. Eine Bürste wäre noch besser, dachte sie und fing an zu erzählen. Zuerst von ihrer Kindheit, soviel sie davon wußte, dann von ihrer Zeit als Magd in so vielen Häusern. Einmal in diesem, dann in jenem, weiter weg und wieder zurück zum ersten – »Sitz still«, mahnte sie, »wie soll ich dich kämmen, wenn du so herumfährst? Sieh, was du angerichtet hast!«

»Ganz wie meine alten Elen«, sagte Eiluned – Gwenny ließ den Kamm sinken, das klang ja heiter! – und fuhr fort, das sei doch eine sonderbare Lebensweise für ein Kind, ein junges Mädchen gewesen, Gwenny müsse es zugeben.

»Für mich war es die einzige«, erklärte Gwenny. »Soll ich kämmen, oder soll ich erzählen? Beides zugleich geht nicht gut, wenn du so sitzen bleibst.«

»Nein, nein, ich bin schon brav«, versprach Eiluned und setzte sich wieder zurecht.

Gwenny kam jetzt zu dem Gasthaus am Paß, und wie sie dort von dem flammenden Baum gehört hatte, und wieder fuhr Eiluned herum. »So weit hat unser Baum geleuchtet?« rief sie erstaunt. »Und du bist seinem Licht sofort gefolgt? So stark war es – o Dilys, du errettest uns noch!« Sie lief, ja, sie lief hinüber in das stille Gemach, sie kniete bei dem Lager nieder. Ihr Haar war so lang, es lag auf dem Estrich wie feine dunkle Schatten.

Gwenny blieb im Söller; sie hatte nicht lange zu warten. Eiluned kam zurück, sie hatte sich wieder in der Gewalt. »Bist du bald fertig mit meinem Haar?« drängte sie. »Beeil dich! Ich will dir ins Gesicht sehen können, wenn du erzählst. Es ist die wunderbarste Geschichte, solche wußte meine Elen nicht.«

»Wie sollte sie?« entgegnete Gwenny. »Ich mußte sie ja erleben, bevor es sie gab.« Sie hatte in der Truhe grüne Seidenschnüre gefunden. »Soll ich sie hineinflechten?« fragte sie.
»Nur zu«, sagte Eiluned, »wenn du nur weitererzählst.« Und Gwenny ließ die schwarzen Strähnen und die grünen Schnüre flink zwischen ihren Fingern wandern; von Meister Hywel sprach sie und von den neuen Schuhen, von Mistress Megan, der bösen Sieben. Von dem Weg nach Tregaron berichtete sie, und wie sie beinah in einer Felsenspalte umgekommen wäre, ertränkt von einem tobenden Bergbach.
»So ist das heute droben«, unterbrach Eiluned sie, »ein Mädchen kann wandern durchs ganze Land, allein?«
»Nein, so ist es nicht, es schickt sich nicht für junge Mädchen, sie müssen sich ihren Eltern fügen. Aber ich, ich bin ein Niemandskind, wer sollte es mir verbieten?«
»Ein Niemandskind – das muß herrlich sein«, sagte Eiluned träumerisch.
»Nicht, wenn du bis zu den Ellbogen im Spülwasser steckst«, hielt Gwenny nüchtern dagegen. »Fertig sind die Zöpfe, schon eine ganze Weile.«
»Laß mich zu Dilys hineinschauen, und dann wirst du dich hierhersetzen, und ich kämme dein Haar.« Sie ging schnell zur Kemenate, kam aber bald zurück und meldete: »Kein Laut. Setz dich her, Gwenny! Du hast noch viel zu erzählen.«
Weiter ging es, mit dem Kämmen und mit Gwennys Geschichte. Bangor, das nicht das richtige Bangor war, dann die Küste und endlich auf dem besten Weg – aber den kreuzte Dan. Gwenny ging schnell über ihn hinweg. »Ach, er war lästig«, sagte sie nur. Sie verschwieg auch den Sturz in die Schlucht. Um so mehr

sprach sie von den Hügeln, über die sie gewandert war, und von den Leuten dort oben, die ihr Gastfreundschaft erwiesen hatten und es für selbstverständlich hielten. Endlich das rechte Bangor, die schöne Stadt an der Menai-Straße, und am Schluß Corwryon, das trostlose Haus.
»Und all das hast du ertragen, um zu uns zu kommen«, wunderte sich Eiluned.
»Eigentlich nicht, ich wußte nichts von euch«, verbesserte Gwenny. »Ich ging ganz einfach zu dem flammenden Baum.«
»Eine solche Wanderung, Kälte und kein Obdach, Hunger und kaum eine Kruste –« sagte Eiluned.
»Manchmal war Käse dabei«, ergänzte Gwenny, »und wenn es darum geht, ein Wunder zu erleben, läßt man es sich etwas kosten.«
Eiluned schwieg und kämmte weiter. Gwennys Haar war bei weitem nicht so voll und lang wie ihr eigenes, seine Farbe zwischen Blond und Braun, schlichtes Haar. Gwenny hatte eigentlich nur eine Schönheit, ihre klare, rosige Haut, aber ob sie noch lange so rosig bleiben würde, hier in der Stadt ohne Licht, ohne Leben? Eiluned meinte schon ein leises Verblassen wahrzunehmen. »Erzähl mir noch einmal von den Hügeln«, verlangte sie, »von dem Wind und den Wolken, von der frischen, freien Luft da oben!«
Gwenny gehorchte, und als sie damit zu Ende war, seufzte Eiluned tief. Mit einer Stimme so voll Sehnsucht, daß Gwenny es fast nicht ertrug, rief sie: »Oh, noch einmal die Sonne zu sehen, den blauen Himmel – nur dies, nur dies!«
Behutsam fragte Gwenny: »Ist es das, was ihr alle ersehnt?«

»Die meisten wollen nur das Ende ihres Elends. Es währt nun schon so lange. Ein Leben, das keines ist, ein Dasein ohne Licht und Freude, ein Dämmerzustand, dumpf, hohl –«
»Wie eine verfaulte Eichel«, nickte Gwenny verständnisvoll.
»Eine verfaulte Eichel«, wiederholte Eiluned, »oh, Gwenny, du tust mir gut, wahrhaftig.«
»Morgen gehe ich wieder in die Stadt und tue denen auch gut. Das will ich doch sehen, ob ich die nicht auch ein bißchen aufrütteln kann«, sagte Gwenny. Sie warf den Kopf hoch, wie ein störrisches kleines Pferd. »Morgen gehe ich nicht nur durch die Gassen, sondern in die Häuser hinein. Die Leute sollen wach werden! Glaubst du, dazu mußte ich hierherkommen?«
»Sie sind so wach wie sie sein können«, entgegnete Eiluned düster, »faule, vermorschte Eicheln alle miteinander.«
»Du doch nicht«, rief Gwenny erschrocken, »und Dilys –«
»Die seit siebenhundert Jahren schläft!«
»Die seit siebenhundert Jahren den Baum erbrennen läßt – für euch alle«, sagte Gwenny streng. »Was ist nur mit dir, Eiluned?«

16.

Dieser Abend war nahe daran, mit einem Streit zu enden. Es war, als ob die zwei Mädchen ausgetauscht wären; nun war es Eiluned, die nicht mehr an eine nahe Erlösung glauben wollte, und Gwenny, die dar-

auf bestand, sie sei nicht mehr fern. Wie zwei Kampfhähne standen sie einander gegenüber, bis ein herzliches Lachen laut wurde – und es war Eiluned, die lachte. »Ein Streit, in Corwyryon«, rief sie, aber Gwenny jubelte. »Noch etwas Besseres, noch etwas Besseres«, sie sang es förmlich, »ein Lachen in Corwyryon! Willst du immer noch behaupten, daß sich nichts ändern wird?«
»Ich weiß nicht, was mir geschah«, gestand Eiluned, »auf einmal hatte ich nicht den dünnsten Faden Hoffnung mehr.«
Ein Streit in Corwyryon, Gelächter, zwei junge Mädchen, die einander das Haar flochten und sich etwas dabei erzählten – kleinste Sämlinge, die aufsprangen, jeder ein Fünkchen Leben, jeder eine Verheißung.
Sie saßen noch eine Weile bei Dilys, wortlos, jede ihren Gedanken nachhängend. Oder war es ein Träumen? Gwenny blickte auf Dilys, so weiß, so starr – aber was sie sah, war ein lodernder Baum, golden und flammenrot, kupfern die unteren Zweige, aber die obersten Spitzen wie das Morgenlicht. Das war Dilys, jene Fülle von Glanz und Glut, und hier lag sie wie aus Schnee geformt. Einmal habe ich sie wach gesehen, dachte Gwenny.
Und Eiluned, die es erst wieder lernen mußte, dachte: Dieses Kind, wie tapfer, wie standhaft. Wer mögen ihre Eltern gewesen sein? Ein Mensch, der nichts besitzt und nichts begehrt – wahrhaftig, sie ist es. Unser Baum hat lange leuchten müssen, aber am Ende hat er sie zu uns gebracht. Am Ende... Sie versuchte, sich das Ende auszumalen, aber es gelang ihr nicht. Sie berührte Gwennys Schulter: »Geh zu Bett, Schwester, du wirst müde sein.«

Verwundert sah Gwenny sie an: »Ja«, sagte sie zu beiden, dem Wort Schwester und der Müdigkeit, überlegte einen Augenblick und fragte: »Bin ich das?«
»Sicherlich«, sagte Eiluned. »Ich habe mir immer eine Schwester gewünscht, und nun habe ich eine. Ich wüßte mir keine liebere.«
»Danke«, flüsterte Gwenny und war verschwunden.

Am andern Tag führte sie aus, was sie sich vorgenommen hatte, in die Stadt, zu den Leuten in die Häuser zu gehen; nach einem guten, tiefen Schlaf fühlte sie sich wie neu.
Sie hatte es nötig, denn die sie in den Gassen antraf, waren nicht die elendsten. Das waren die, die sie in den Häusern fand, die drinnen blieben, weil sie alles aufgegeben hatten. Diese ersehnten nicht einmal mehr das Ende, sie dämmerten vor sich hin, und doch vergingen sie nicht. Vielleicht hatten sie es besser als die anderen, aber sie so zu sehen, betrübte Gwenny mehr als sie sagen konnte. Es waren so viele, und alle vergessen, versunken im Grau.
Sie ging wieder nach draußen, an Türen vorbei, die niemand mehr schloß, an Brunnen, die kein Wasser mehr gaben, am Stand eines Händlers. Auf dem Marktplatz gab es mehr solcher Buden, alle waren leer, keine Ware, kein Ruf lockte Käufer an; wer brauchte noch etwas in Corwyryon? Die Werkstatt eines Silberschmieds – da stand das kleine Salzfaß, am dem er gearbeitet hatte. Es war nicht ganz fertig, und so würde es bleiben. Der Meister lag im Winkel wie ein Bündel alter Kleider, er regte sich nicht. Reifen und Ringe lagen auf einem dunklen Tuch, niemand begehrte sie, so schön und kunstvoll gearbeitet sie auch waren.

Beim Schneider das zugeschnittene Gewand, beim Böttcher die hölzernen Eimer und Zuber; wie gern hätte Gwenny einen ergriffen und wäre damit zum nächsten Brunnen gelaufen, nur, damit doch etwas getan würde! Aber sie wagte nicht, etwas anzurühren. Alles war zu lange unberührt gewesen.

Und sie hatte Corwyryon aufrütteln wollen. Nicht im Innern der engen, dunklen Häuser, nicht in verwaisten Werkstätten würde sie das zuwege bringen, sondern hier bei diesen Menschen, diesen Schatten, die wie immer in ihrer Nähe waren. Die ihr folgten oder sie erwarteten und ihr doch auswichen. Immer der gleiche Blick: Warum bist du hier? Nichts ist geschehen, nichts hat sich geändert. Wie lange läßt du uns warten?

Am liebsten hätte sie laut gerufen: »Ich weiß es nicht, ich weiß so wenig wie ihr!« Aber da niemand die Frage aussprach, konnte sie nicht antworten.

Dieses Grau, wie verstaubte Spinnweben. Nein, sie ertrug es nicht länger, sie mußte es zerreißen, und schon lief sie über den Marktplatz, mit schwingendem Rock, mit fliegenden Zöpfen. Wie ein Windstoß war sie und wehte die Stufen zur Kirche hinan. Die bleichen Schatten sahen und begriffen – jemand lief in Corwyryon, die Fremde, die in ihrer Stadt erschienen war, lief!

Und nun stand sie da oben, winkte mit beiden Händen und rief: »Kommt herbei, kommt alle her und hört, was ich euch sagen will –«

Wahrhaftig, drei oder vier kamen näher, ihnen folgten noch zwei, dann eine kleine Schar, und auch aus der Gasse kamen einzelne, eine Frau mit Kindern, sogar ein alter Mann. »Kommt her, kommt alle her«, bat Gwenny. Sie setzte sich auf die oberste Stufe und bemerkte zu ihrer Freude, daß sich in der vordersten Reihe fast alle niederließen. Andere machten es ihnen nach, bald saßen die meisten, und alle Gesichter waren ihr zugewandt.

Doch, ich habe ihnen etwas zu sagen, dachte Gwenny. Ich will von dem sprechen, was ich selbst am schmerzlichsten vermisse. Was Eiluned zweimal zu hören verlangte – vom klaren, blauen Himmel, von der Sonne, von weißen und von dunklen Wolken, und von den frischen Winden, die sie hierhin und dorthin blasen. Damit begann sie, und bald war sie bei den Hügeln, bei den Schäfern, die bei jedem Wetter draußen waren und sich um ihre Herden kümmerten; bei den Märkten, auf die sie die Frucht ihrer Mühen schickten.

Von den Straßen sprach Gwenny, die durch das Land liefen, auf denen sie gewandert war, von den Schwalben, wie sie die Luft durchblitzten, von den Lerchen, die hoch hinaufstiegen und jubelten, daß der ganze Himmel klang. Vom Kuckuck, der durch die Wälder schweift und nirgends bleibt – von allem, das in Bewegung war, flüchtig und flink. Dabei fiel ihr Gall-y-gogoff ein und der Hund mit den silbernen Augen: »Solche Hunde, heißt es, können den Wind sehen –«

Und darauf eine Stimme, die mitten aus der Menge kam: »Ja, so sagen wir auch.«

Wer hatte gesprochen? Eine Stimme, und sie war der Schlüssel, der viele Türen aufschloß. Andere Stimmen wurden laut: »Ach, es noch einmal zu sehen, das Licht zu sehen, ein einziges Mal! Einen Frühlingstag, die grüne Welt im Mai!«

Und andere riefen: »Ja, den Maitag erleben, unser liebstes Fest«, und »Wißt ihr noch?« und »Wie schön es war, wie froh wir waren!«

Hunderte von Jahren hatten sie nur an ihr Elend und an die Erlösung vom Elend gedacht; jetzt erinnerten sie sich der Freude, der blühenden Zweige, der Lieder, mit denen sie den Mai begrüßten, jedes Jahr. Und wieder richteten sich die Augen aller auf das fremde Mädchen, das solche Erinnerungen in ihnen zu wecken vermocht hatte, und sie warteten.

Mit großer Gewißheit – und sie wußte nicht, woher sie ihr kam – rief Gwenny: »Ihr werdet es wiedersehen, dafür bürge ich.« Sie schritt die Stufen hinab und war unter ihnen, sie drückte die Hände, die sich ihr entgegenstreckten, lächelte und bat um Geduld, nur ein wenig Geduld noch.

Aber als sie zur Burg zurückging, hatte sie kein Lächeln mehr. Halb verzweifelt fragte sie sich: »Was habe ich getan, wie werde ich halten, was ich ihnen versprochen habe? Denn das muß ich nun, ich habe das Spinnweb zerrissen, ich und niemand anders.«

Blaß und voll Sorge kam sie bei Eiluned an, fast zu unglücklich, ihr zu berichten. Sie brachte es endlich doch fertig, aber Eiluned fand keinen Grund für solche Ängste. »Das ist doch nur gut«, meinte sie, »es regt sie an, sie leben auf –«

»Ja, aber wozu leben sie auf? Ich habe ihnen etwas Ungeheures verheißen und weiß nicht einmal, wie ich dazu gekommen bin!«

»Es wird sich erweisen«, tröstete Eiluned.

Es erwies sich nicht an diesem Abend, aber in der Nacht fiel Gwenny etwas auf, das sie bis dahin nicht beachtet hatte. Sie lag schlaflos und dachte an den letzten Tag, den Unglückstag Corwyryons, an Zennors Ende, die schändliche Tat – und da war es: Die vier, die sie verübt hatten, was war aus ihnen geworden? Es war sehr wichtig, das zu erfahren; am liebsten wäre sie sogleich zu Eiluned gelaufen und hätte sie gefragt. Um diese Stunde durfte sie nicht stören, aber morgen früh mußte es sein, wenn sie sich auch scheute, Eiluned solchen Schmerz zuzufügen. Denn daß es sie schmerzen würde, von ihren Brüdern zu sprechen, schien gewiß, sie hätte es sonst wohl eher getan.

Es war nur eine einfache Frage: »Eiluned, was ist denn aus den drei Brüdern geworden, und dem vierten, dem Vetter?«

Überrascht wandte Eiluned sich ihr zu. »Sie sind im Turm geblieben; ich habe sie seit jenem Tag nicht wiedergesehen.« Ihr schauderte. »Wer weiß, welche Strafe sie getroffen hat«, sagte sie gepreßt. Gwenny saß auf dem Fensterplatz, sehr nachdenklich. Eiluned betrachtete sie mit steigender Unruhe, aber als sie sprach, war es eine Frage nach Dilys: »Hat sie wieder gesprochen?«

»Nein, gesprochen nicht, aber ich meine, es fliegt hin und wieder ein Schein über ihr Gesicht, wie ein Lächeln beinah.«

»Dann bin ich auf dem rechten Weg«, murmelte Gwenny.

Nun war Eiluned nachdenklich geworden. »Du glaubst also auch, daß Dilys weiß, was um sie vorgeht? Vielleicht mehr als wir selber?«

Gwenny nickte, und Eiluned fuhr fort: »Wenn ich bei ihr sitze und es zieht mir so manches durch den Sinn, dann spüre ich es – Dilys schläft, aber ihre Kräfte wirken für uns, auf die Erlösung hin. Warum sonst wäre sie bei uns geblieben? Sie hätte nicht mit uns in die Tiefe gemußt, aber sie blieb.«

Gwenny dachte wieder an den Baum, und da war etwas, das sie längst gern gewußt hätte. »So viele

Jahre«, sagte sie, »Hunderte von Jahren, aber ein Apfelbaum ist doch keine Eiche! Wie konnte dieser Baum so lange leben?« Denn sie verstand etwas von Obstbäumen, ein sehr hohes Alter erreichten sie nicht.
»Was für ein Kind du bist«, sagte Eiluned nachsichtig, »wie ein Kind fragst du, willst alles wissen. Ich kann dir nur verraten, es war immer ein Baum da, der für uns leuchten konnte.«
Gwenny war der Meinung, daß unter so vielen Wundern dieses nicht das kleinste sei.

17.

Jeden Tag, fast stündlich erwartete Eiluned, daß die Schlafende erwachen würde. Die Anzeichen mehrten sich. Dilys' Atem ging schneller, ein Seufzer, nicht viel mehr als ein Hauch, kaum vernehmbar – Eiluned beugte sich über sie; was ging in ihr vor? Einmal zuckte ihre Hand, als ob sie sie erheben wollte, und Worte, undeutlich gemurmelt, ein Stöhnen: »Nicht, nicht –«
Selbst wenn die Gestalt still unter ihren Laken lag, meinte Eiluned zu spüren, auf dem schmalen Lager spiele sich ein Kampf ab, ein Ringen mit – ja, womit? Dem Bann selber? Dem Unabwendbaren? Dilys' Kehle spannte sich, als wollte ein Schrei heraus, aber es wurde nur ein Ächzen.
Das war der Augenblick, da Gwenny erkannte, was sie tun mußte. Es gab nur den einen Weg, und sie mußte ihn gehen. In Corwyryon hatte sie getan, was sie konnte; nun blieb nur noch dies eine. Sie mußte zu

jenem Turm hin. Überall war sie gewesen, nur dort nicht. Ihr graute, aber sie ging.
Es führte kein Pfad dorthin, ein Stück Ödland lag zwischen Corwyryon und diesem äußersten Zipfel seines Bereichs. Es war rauher Grund, steinig, häßlich in seiner Kahlheit, häßlicher noch unter Grau. Selbst ein paar Disteln wären ein Trost, dachte Gwenny. Die Augen niedergeschlagen, setzte sie einen Fuß vor den andern, ohne anzuhalten. Wenn es nur viel weiter wäre, dachte sie, aber da war sie bei dem alten Turm angekommen. Nun mußte sie den Blick heben.
Das Bauwerk wuchtete vierkantig, schwarz vor Alter, auf dem Felsen, als ob es daraus hervor wüchse. Auf der Seite waren Mauer und Klippe ein Strich, senkrecht nach unten gezogen; wo endete er? Das Grau verhüllte es.
Der Turm war mehrstöckig, oben schloß eine niedrige Brüstung ihn ab. Da und dort Schießscharten; unten die Tür. Sie war nur angelehnt, ein Flügel aus rissigen Bohlen.
Gwenny dachte: Jetzt. Dilys. Und sie stieß die Tür auf. Innen war der Turm geräumiger, als sie erwartet hatte, und dunkel, es war schwer, etwas zu unterscheiden. Ihre Augen gewöhnten sich an das Düster, und sie sah eine Art Leiter vor sich, mitten im Raum. Und an den Wänden, was? Bänke, Schragen; darauf – was? Schläfer?
Sie regten sich, richteten sich auf, warfen ab, was sie bedeckt hatte. Dilys, o Dilys, dachte Gwenny, wie nötig brauchte sie Beistand!
Die auf den Schragen erblickten das Mädchen, das im Rahmen der Tür stand, sein weißes Schultertuch licht vorm Grau. Einer stand auf.

»Was haben wir hier?« grunzte er.
»Wie Dan«, dachte Gwenny entsetzt. Aber dieser war größer und gewalttätiger als Dan, das wußte sie sofort. Es gab kein Entweichen mehr, er hatte sie schon beim Arm und zog sie in das Gelaß herein. »Sieh an, ein Täubchen«, rief er. »Welcher Wind hat dich hierhergeweht?«
Die anderen drei waren auch aufgestanden, sie drängten sich herbei und starrten Gwenny an.
»Bah, eine Dirne«, sagte einer verächtlich.
»Ja, aber wo kommt sie her?« bemerkte der erste.
»Das ist keine von den Unseren. Laß dich ansehen!« Er schob Gwenny auf die Tür zu. Ein zweiter kam mit. Er war sehr groß und mußte sich bücken, ihr ins Gesicht zu sehen. Das tat er, aus nächster Nähe, trat einen Schritt zurück und maß sie mit den Augen, vom Kopf bis zu den Füßen. Er schüttelte den Kopf und fluchte vor Erstaunen. Der vierte begann zu lachen, und das war das übelste von allem.
Ich muß es ertragen, dachte Gwenny, ich muß stillhalten. Der Mann, der so widerwärtig gelacht hatte, war kleiner als die andern drei, aber es kam Gwenny vor, als sei dieser der Stärkste und Furchtbarste hier. »Bring sie zurück«, befahl er. »Dies müssen wir ergründen.« Er setzte sich wieder und sagte: »Die ist von außen; seht sie doch an.«
»Von außen«, wiederholten die andern ungläubig.
»Cyfartha, halt uns nicht zum Narren.«
»Fragen wir Bleddyns Täubchen«, schlug er vor.
»Sprich, Kleine, sag, wer du bist und woher.«
Gwenny ließ die Augen von einem Gesicht zum andern gehen, drei schöne, aber wüste Gesichter und das vierte – häßlich? Ja, weil ihm das Böse aus den

Augen sah und die Grausamkeit seinen Mund zeichnete.
»Antworte«, sagte er leise.
Gwennys Lippen waren trocken, sie mußte sie mit der Zungenspitze feuchten, damit sie reden konnte. Sie sagte, daß sie Gwenny heiße und von oben sei.
»Von oben«, wiederholte Cyfartha, »so. Und wie hast du dich hierhergefunden?«
»Der Baum – ich habe ihn brennen sehn, und dann war ich hier.«
»Ah. Und was weiter?«
»Nichts.«
Ein Lärm brach los. »Nichts? Dahinter steckt doch mehr«, schrie Mostyn. »Dreh ihr den Arm um, Mostyn«, rief Caerog, »die soll schon reden!«
Mostyn war nur zu gern bereit, aber Cyfartha meinte, es sei nicht nötig. Er würde auch ohne Mostyns Hilfe aus der Kleinen herausholen, was er wissen wollte. Er begann, Gwenny auszufragen, eins nach dem andern; sie gab auf alles Antwort, und er erkannte, daß sie die Wahrheit sprach. Er wußte bald alles: Wie es »oben« aussah, wie lange Gwenny in Corwyryon sei und bei wem; von Eiluned hörte er und von Dilys – und bei diesem Namen flog eine Wolke solchen Hasses über sein Gesicht, daß Gwenny erbebte – und was Gwenny getrieben hatte, seit sie angekommen war.
»Ich bin bei den Leuten ein und aus gegangen«, sagte das Mädchen, »ich habe versucht, mit ihnen zu reden –«
»Was hast du mit ihnen geredet?«
»Nun, dies und das, was man so redet. Ich habe ihnen erzählt«, gab Gwenny zurück.
»Ein bißchen deutlicher, wenn du so freundlich sein

möchtest«, murmelte Cyfartha. »Oder sollen wir dir helfen?« Es war, als schnurre eine Katze.
Ein kleiner Trotz stieg in Gwenny hoch. »Etwas, das sie froh gemacht hat, habe ich erzählt – vom Wind auf den Hügeln und von Lerchen in der Luft.«
»Und was noch?«
»Vom blauen Himmel und der grünen Erde.«
Es war nur zu klar, er glaubte ihr nicht. »Willst du mich narren«, zischte er. »Los, Caerog, Mostyn!«
Gwenny schrie auf, denn Carog hatte mit Fingern wie Eisenklammern ihren Arm nach hinten gerissen. Er fing an ihn umzudrehen, langsam und qualvoll, kaum zu ertragen. Sie sank in die Knie. Ein Fußtritt von Mostyn warf sie ganz zu Boden.
»Genug für jetzt«, bestimmte Cyfartha, »sie wird uns alles sagen. Du Törin! Hörst du? Alles.«
Die beiden Unholde zerrten Gwenny hoch. »Ich weiß nicht, was du wissen willst; warum fragst du nicht gradheraus?« rief sie halb weinend, halb zornig.
»Oho, kein Täubchen«, sagte der böse Mensch lachend. »Nun, meinetwegen. Du sollst mir verraten, was dich hierher gebracht hat.«
»Ich habe es schon gesagt! Der flammende Baum. Er hat mich nach Corwryon gezogen, und durch ihn kam ich nach Corwyryon.«
»Das lügst du, Mädchen. Du mußt etwas haben.«
»Was soll ich haben?«
»Eine Sendung?« fragte Cyfartha lauernd.
»Ein Zauberwort, einen Talisman«, rief Bleddyn.
»Rück heraus damit!«
»Ich weiß kein Zauberwort, ich habe keine Sendung. Ich sage euch doch, ich bin nur von ungefähr hierher geraten«, erklärte Gwenny.

»Rein aus Neugier«, höhnte Cyfartha. »Ja, ja, aber es war Neugier, was die Katze umbrachte, sagt das Sprichwort.«

Die andern drei lachten schallend. »Es heißt, die Katze hat neun Leben«, schrie Caerog.

»Auch ein wahres Wort«, stimmte Cyfartha ihm bei. »Wir wollen diese kleine Katze hier noch ein bißchen ausfragen, und kommt dabei nichts zutage, dann werden wir ihr die neun Leben abdrosseln, eins nach dem andern, schön langsam.«

Die drei Brüder vergnügten sich damit, Gwenny auszumalen, womit sie sie zum Reden bringen wollten; Cyfartha hörte zu. Er ließ die Augen nicht von ihrem Gesicht. Was es verriet, Entsetzen und Hilflosigkeit, bereitete ihm offenbar großen Genuß.

Schließlich hatte er genug. Er machte eine Kopfbewegung zu der Leiter hin, und sie stießen Gwenny hinauf, durch eine Falltür, und dort oben ließen sie sie allein. Die lange Nacht hindurch war es Gwenny, als ob ihre Ängste im Kreis um sie herum stünden und sie mit Gesichtern anstarrten, die die Züge von Bleddyn, Mostyn, Caerog und Cyfartha trugen. Sie war zuerst in den nächsten Winkel gekrochen, aber sie hielt es nicht lange darin aus. Sie tastete sich an den Mauern entlang, geriet an ungefügen Hausrat, stolperte über allerlei Gerät, das sie im Dunkeln nicht erkennen konnte. Sie dachte an Zennor, der hier in diesem Turm gehaust haben sollte. Es konnte kein behagliches Hausen gewesen sein; warum er wohl den Turm gewählt hatte, da ihm doch ein Haus in der Stadt angeboten wurde? Und dann war dieser Raum sein Kerker geworden, oder der darüber.

Ihr wurde heiß vor Angst und dann wieder eiskalt. Was

die Unholde ihm angetan hatten, das würden sie auch ihr antun, morgen oder noch in dieser Nacht. Vielleicht in der nächsten Stunde. Und um nichts, dachte Gwenny verzweifelt, ich weiß es doch selber nicht, was sie wissen wollen. Sie werden mich totquälen, um nichts.
Und plötzlich rief sie laut vor Not: »Oh, Dilys, Dilys! Eiluned – oh, hört mich, hört mich doch!«
Sie horchte; es mußte doch eine Antwort zu ihr kommen. Nein, nichts, sie war ganz verlassen. Sie kauerte am Boden, einer der Schießscharten gegenüber, ein enger Schlitz und kaum heller als die Finsternis, die sie umgab. Wenn ich da hinaufklettern und vielleicht einen Stern sehen könnte, dachte sie. Und dann: Ach, über Corwyryon leuchten keine Sterne. –
In der Burg saß Eiluned bei Dilys und wußte nicht, was tun. Sie preßte vor Angst und Sorge ihre Hände zusammen, daß sich die Fingernägel in die Haut gruben: Gwenny war am vorigen Morgen ausgegangen und nicht zurückgekehrt, und es ging nun wieder auf den Morgen zu. Dilys war unruhiger als gewöhnlich, sie wagte nicht, sie allein zu lassen. »Was soll ich nur tun«, flüsterte sie ratlos, »was kann ich tun?«
Immer schlich die Zeit für Eiluned, aber war sie je so langsam geschlichen? Ein Augenblick schien eine Ewigkeit. Und in einen solchen Augenblick hinein schrie Dilys auf: »Im Turm – das Kind!«
Eiluned war schon an der Tür, Stufen hinab, aus der Halle hinaus. Ich laufe ja, dachte sie, ich springe, ich renne ja! Jahrhundertelang habe ich mich kaum schleppen können.
Ihr Kopf war vollkommen klar, sie stürmte dahin, sie flog, und schon war sie in der Stadt.

143

Sie riß Türen auf, sie schrie es in die Häuser hinein: »Zum Turm, zum Turm! Sie haben Gwenny gefangen, sie rauben uns die Erlösung!«

Da kamen sie schon, nicht mehr blasse, matte Schemen, sondern entschlossene Menschen, die es durch die Gassen riefen, damit keiner zurückbliebe: »Zum Turm, zum Turm – es geht um die Erlösung!« Halb Corwyryon war schon auf dem Weg, und immer noch eilten Leute herbei. Keiner fragte, sie fühlten alle, daß sie retten mußten, wenn sie selber gerettet werden wollten. Sie alle wußten, was sich in dem alten Turm zugetragen hatte, als sei es gestern erst gewesen. Damals war es Zennor, den sie gehaßt hatten; jetzt war es Gwenny, der niemand Böses vorwerfen noch es ihr zutrauen konnte. Sie kannten Gwenny, arglos und freundlich war sie unter ihnen umhergegangen, vom blauen Himmel hatte sie ihnen erzählt, vom frischen Wind auf den Hügeln, sie hatten ihn beinah gespürt, einen frischen Wind in Corwyryon.

Und als die letzten, die alten Leute und ein paar kleine Kinder, sich mühten und einander halfen, den Turm zu erreichen – als die äußersten der dichtgedrängten Menge sich nach ihnen umdrehten, da sahen sie, daß noch jemand ihnen folgte. Langsam kam sie näher, eine schmächtige, weiße Gestalt, unsicher, als sei sie des Gehens nicht gewohnt. Einer rief es dem andern zu: »Dilys! Dilys ist erwacht!«

Und dann unterbrach kein Laut die Stille, nur öffnen sich die Reihen, um Dilys aufzunehmen.

Die im Turm waren so eifrig auf ihr teuflisches Vorhaben bedacht, daß sie für nichts anderes Raum hatten. Sie dachten nicht im entferntesten daran, daß Corwy-

ryon die Kraft haben könnte, sich zu regen, sich zu sammeln, ein Ziel zu verfolgen. Und daß dieses Ziel ein hergelaufenes kleines Mädchen sein könnte, das wäre keinem von ihnen in den Sinn gekommen, selbst dem klugen Cyfartha nicht.
Sie hatten Gwenny wieder nach unten geschleppt und bedrängten sie hart, ihr das vermeintliche Geheimnis zu entreißen. Noch taten sie es mit wüstem Spott und grausamen Drohungen, aber sie hatten alles zur Hand, womit sie diese Drohungen ausführen wollten. »Das haben wir noch aus der guten alten Zeit«, grinste Mostyn, und Caerog fügte hinzu: »Da hatten wir auch Feuer. Schade, daß wir jetzt kein Feuer haben.«
Bleddyn war oben auf der Leiter beschäftigt, Cyfartha beobachtete Gwenny, die vor ihm stand, die Hände auf dem Rücken gefesselt. Er sah, daß sie sich kaum aufrecht halten konnte, aber auch, daß sie nicht nachgeben würde.
»Nun, mein Kätzchen?« spottete er.
»Cyfartha – und ihr andern –, es ist wieder dasselbe wie damals, und was habt ihr damals gewonnen? Nichts, denn da war nichts zu gewinnen. Ich sage es euch doch, ich spreche die Wahrheit – das, was ihr wollt, habe ich nicht«, erwiderte Gwenny hoffnungslos.
»Wenn du auch nicht hast, was wir vermuten«, sagte Cyfartha, und sein Lächeln war unmenschlich, »so hast du doch deine neun Leben, mein Kätzchen. Heute abend, wenn wir mit dir fertig sind, werden es noch acht sein. Und so –«
Gwenny schrie in höchster Angst: »Oh, glaubt mir doch! Glaubt mir denn niemand?«
Und von draußen kam Antwort, ein vielstimmiger Ruf:

»Wir glauben dir, Gwenny, wir alle«, und wie eine Woge drängten sich die ersten der Retter durch die zertrümmerte Tür. Eiluned war es, die Gwennys Fesseln löste, und Dilys, die sie in ihren Armen auffing.

Sie führten sie aus dem Turm, und alle strömten ihnen nach, ein Schwarm begeisterter Menschen. Aber hinter ihnen war schwarze Finsternis, und in der Finsternis ein Wirbel, ein Brausen wie von einem großen Sturm, und sie fürchteten sich sehr. Schnell war es vorüber, und als sie wagten, sich umzuschauen, war der Turm verschwunden und mit ihm alles Böse, das er enthielt.

18.

Gwenny stand bei dem alten Apfelbaum, der nun nie wieder brennen würde. Um sie war frühes Morgenlicht, sie wußte nicht, wie sie hierhergekommen war. In Corwyryon hatte sie sich schlafen gelegt, und in Corwryon war sie erwacht, an genau der Stelle, von der sie weggeführt worden war.

Zuerst war sie zu dem Haus gegangen. Sie hatte es leer gefunden. Es war auch kein Haus mehr, sondern eine Ruine. Kein Glas mehr in den Fenstern, die Türen hingen vermorscht und wie betrunken, ihre Angeln aus den Pfosten gebrochen, das Dach war eingestürzt. Das Stallgebäude sah nicht besser aus, die Schuppen waren nur mehr Steinhaufen, überwuchert von Dornen und Gestrüpp. Daran hatte sie erkannt, daß sie viel länger fortgewesen war als fünf oder sechs Tage; eher so viele Jahre wie Tage. Sie trauerte weder dem Haus noch der Zeit nach, aber sie wußte nicht ganz, was beginnen, und so ging sie zu ihrem Baum, lehnte sich an seinen Stamm und blickte nachdenklich über das Moor. So stand sie, als die Sonne aufging.

Und nun begriff sie, daß da unten etwas vorging. War es denn noch Sumpf, fahles Braun und trügerisches Moos? Ein lichtes Grün lag darauf; wenn sie nicht gewußt hätte, was es war, sie hätte gesagt: Was für ein liebliches Tal.

Ein Flimmern war in der Luft, sie mußte ihre Augen schirmen – nun war es ein Glanz, so mächtig, daß sie es kaum ertrug, hinzusehen. Aber was begab sich denn? Vor ihr, vor ihren wachenden Augen lag die Stadt mit Türmen und Zinnen, Corwyryon, erlöst, aus seiner Tiefe emporgestiegen. Fahnen und Wimpel flatterten, eine Fanfare erklang. Das Stadttor öffnete sich, und eine große Menge Volkes quoll hervor, junge und alte Leute, festlich angetan und in leuchtenden Farben, Sattblau und Frischgrün und Rot. Ein langer Zug, umtanzt von den Kindern, Harfen und Fiedeln voraus: Corwyryon ging aus, sein Maienfest zu feiern.

Was hatte Dilys gesagt, zu allerletzt? »Sie mußten sich selbst erlösen, Gwenny. Darum waren wir nicht erlöst, sobald du erschienst. Aber du mußtest die Tür aufschließen, damit wir hindurchgehen konnten. Und du weißt, keiner blieb zurück.«

Nur wenige Augenblicke, und das frohe Bild war vergangen, Stadt und Wimpel und bunter Zug, nur noch sehr fern ein letzter Fiedelstrich. Gwenny wußte, dies war ihr Lohn, sie hatte Corwyryon in seinem neuen Glück sehen dürfen, wenn auch nur von weitem. Sie fühlte sich reich und überreich belohnt.

Sie holte ihren Blick zurück und richtete ihn auf das Nahe, das Greifbare. Das Tal – es sah anders aus, sie hatte sich nicht geirrt. Wollte sich das Feste vom Feuchten scheiden, war da nicht schon ein Rieseln, ein blanker Faden; floß ein Wasser dort?

»Das will wieder gesund werden«, sagte sie überrascht. Und sie drehte sich um, den traurigen Resten zu, die einmal ein Gehöft gewesen waren: »Du kannst es auch, Corwryon.«

Dafür wollte sie sorgen. Allein konnte sie es nicht, Gwenny sah es ein, aber sie hatte Freunde, die helfen würden, und sie selber war jung und stark. Wo mochte Rhodri sein? Wenn sie ihn finden könnte – er wußte, wie ein solches Werk zu beginnen sei.

So klar der Himmel, und so warm der Sonnenschein! Gwenny lächelte. Von irgendwoher flog eine Drossel, setzte sich in den Apfelbaum und sang vom Frühling.

ArenaBücher. Das Leben erleben.

Katherine Allfrey
Taube unter Falken
Evadne wird von Seeräubern entführt und gelangt ins Land der Amazonen. Sie lebt mit ihnen, lernt reiten, Speerwerfen und mit der Axt zu kämpfen. Die Freundin Thoössa ist immer an ihrer Seite. Doch der Gedanke an die Heimkehr verläßt Evadne nie. Und eines Tages ergibt sich eine Gelegenheit zur Flucht.
»Eine Abenteuergeschichte ungewöhnlicher Art, voll Spannung bis zur letzten Seite.«
Rheinische Post
Arena-Taschengeldbücher – Band 1335
Für Jungen und Mädchen ab 12

Arena

ArenaBücher. Das Leben erleben.

»Arena-Bibliothek der Abenteuer« —
Jede Menge Abenteuer fürs Taschengeld!

AB 1 — Robert Louis Stevenson
   Die Schatzinsel
AB 2 — Herman Melville, **Moby Dick**
AB 3 — Mark Twain, **Tom Sawyers Abenteuer**
AB 4 — Jules Verne,
   Reise um die Erde in 80 Tagen
AB 9 — Mark Twain,
   Huckleberry Finns Abenteuer
AB 11 — Edward Bulwer Lytton,
   Die letzten Tage von Pompeji

Für Jungen und Mädchen ab 12 Jahre

Arena

ArenaBücher. Das Leben erleben.

»Arena-Bibliothek der Abenteuer« —
Jede Menge Abenteuer fürs Taschengeld!

AB 19 – Jules Verne,
   Ein Winter im Eis
AB 21 – Jules Verne,
   Die Reise zum Mittelpunkt der Erde
AB 22 – Lewis Wallace, **Ben Hur**
AB 23 – Henrik Sienkiewicz, **Quo vadis**
AB 25 – Felix Dahn, **Kampf um Rom**
   (Kassette mit 2 Bänden!)
AB 26 – Edgar Allan Poe,
   Das Rätsel des Eismeers
Für Jungen und Mädchen ab 12 Jahre

Arena

ArenaBücher. Das Leben erleben.

Auguste Lechner

Die Nibelungen
Glanzzeit und Untergang des mächtigen Volkes.
Dietrich von Bern
Der große König der Goten kämpft um sein Reich.
Parzival – Auf der Suche nach der Gralsburg.
Der Reiter auf dem schwarzen Hengst
Ein Ritter zur Zeit Karls des Großen.
Gudrun – Die Geschichte vom wilden Hagen.
Die Rolandsage – Er kämpft für seinen Onkel,
Karl den Großen, bis zum Ende.

Arena-Taschengeldbücher –
Bände 1319, 1346, 1353, 1429, 1455, 1470/Alle ab 12

Arena